Du och jag och elden, pappa

Du och jag och elden, pappa

Av Maria Bollen Helstad

© Maria Bollen Helstad 2024
Förlag: BoD · Books on Demand, Stockholm, Sverige
Tryck: Libri Plureos GmbH, Hamburg, Tyskland
ISBN: 978-91-8114-448-2

Jag lovar min son att han inte ska behöva sova ombord på båten efter att vassa ord har slungats mellan kojerna. Luften under däck är fuktmättad och tjock av återhållna suckar. Vi sover tätt tillsammans i hängmattan. Skavfötters med kylan strömmande från marken mot våra ryggar. Han drar upp luvan så att bara näsan sticker fram. Svarar mig att han inte fryser men att det är läskigt att titta ut på träden. Jag tittar på silhuetterna som rör sig lojt mot den ljusa sommarhimlen. När jag blundar buffar vinden på min kind med sin svala nos. När jag vaknar silar solen sitt ljus genom talltopparna.

> Ett tunt regn faller
> träden vakar över oss
> en natt bryts grenen

Klockan är 05:40 den 29 november 2019 när jag och sköterskan står vid din säng och lyssnar på andetagen. De tunnas ut och rör sig genom bröstet för att stanna som fladdrande vingslag i halsen. Jag berättar att du har sagt "Sånt är livet" till doktorn. Sköterskan ler ett stillsamt leende mot mig. Sedan kommer det inga fler andetag. Du har hört mina ord och vet att jag förstår.

03:15 din andning rör sig från buken och upp genom brösthålan med tilltagande rosslighet. Tungt och ansträngt. Upprepade injektioner sedan du har bett sköterskan att inte snåla.

02:10 väcks jag ur min slummer när du ropar: Det är dags!

När jag kommer till dig på kvällen sitter du fortfarande på sängkanten. Du höjer handen till en hälsning. Jag vet inte vad jag ska svara.

"Hej hej", säger jag.

Det är dina sista timmar. Du vill inte lägga dig, utan sitter kvar. Dricker flera muggar juice.

"Himla gott", säger du och sköterskan fyller på. Den enda färg som november bjuder finns i glasen du dricker.

Jag vill inte vara ensam med dig, men ber mamma åka hem och vila. Det finns alltför många ord. Alltför många möjligheter att säga det viktigaste. Tystnad tills jag säger:

"Jag kommer skriva en bok."

"Det är bra", svarar du utan att lyfta blicken.

Sedan är det dags att vila.

Jag sitter med min dator uppslagen i knäet. Du noterar att jag är där. Dina ögon är öppna. Jag skriver ner replikerna du ger sköterskan. Jag frågar om du vill ha mer att dricka.

"Kanske senare", svarar du och jag tänker när?

"Det får duga", svarar du på min fråga om du ligger bekvämt. Du kommer att dö nu pappa vill jag viska. Jag borde säga tack, men jag sitter tyst med blicken på datorns blinkande markör.

På eftermiddagen har läkaren konstaterat att du inte klarar dig utan syrgasmasken och efter en kort tystnad svarar du:
"Det räcker. Jag vill inte mer."
"Då kommer du att dö."
"Ja, jag vill inte leva."
"Då avvecklar vi syrgasen. Vill du vänta tills din dotter kommer? Hon är på väg."
"Nej, det behövs inte."

För sköterskan berättar jag om ditt liv. Barnet som du förlöst med akut kejsarsnitt och där mamman av tacksamhet gav det ditt namn. Hur du inte kunde sluta arbeta efter din pensionering. Att du lämnade din familj efter kriget för att studera medicin och levde på konserver ständigt beredd på ett nytt krig. Hur du som barn när flyglarmet ljöd sprang upp på en höjd i stället för ner i skyddsrummet. Du stod där under himlen och vinkade till piloten i bombplanet. Sedan blev du slagen av din pappa som var ursinnig av oro. En av dina vänner blev skjuten i bröstet när han sprang över gatan. När du föddes visste din mamma inte att hon bar två barn i samma livmoder. Läkaren tittade på dig och din större tvillingbror. Han pekade på honom och sa att han skulle överleva. Men det var du som fick leva.

När jag i bilen till stugan frågade mamma vilken älsklingsfärg hon hade, svarade hon svävande att det var svårt att välja. Rött eller rosa men inte tillsammans och grönt är fint om det är rätt nyans eller gult. Du svarade alltid samma och utan tvekan. Blått. Som riddarsporrarna du grävde upp vid ödetorpet för att flytta till vår stuga. Hur kan jag vara rädd för någon som är säker på att älsklingsfärgen är blå? Trygghet och lugn. Du ville annat än det som blev när vi kom hem från stugan. Svag vind från havet nu. Knappt en bris. Minns färgen på luften den sista skymningstimmen i november.

> Blå lyrflicksländor
> ni stannar som skimrande
> tankstreck i luften

Ritardando

Jag minns att jag skriver till min vän Evelina, sjuksköterska, på väg från jobbet till parkeringen. Där en gråsparv en gång satt och plirade mot mig från ett stängsel. Nu är alla fåglar borta.

27 november 11:23 *Pappa sämre. Ventilator. Varit lite borta i skallen i morse pga för mycket koldioxid i blodet, svarade bra på ventilatorbehandling och för tillfället stabil men sover bara. Orkade inte svälja tablett nyss. Jag åker dit eller hur? Mamma ville nog det. Stabila värden säger sköterskan bara. Jag vill ju gärna träffa en doktor som kan lungor och vet hur nära slutet detta är. Kram*

Jag kör bil till sjukhuset i Örebro efter att ha sett till att få hem hunden från dagis. Stannar på sjukhuset över natten. På morgonen blir jag avlöst av mamma och pappa är vaken och bekymrad över att bli hemskickad när ronden kommer. Vi försöker lugna honom. Jag kör hem till mamma och börjar gråta av den bekanta doften i hallen. Dammiga mattor och tystnaden från en avstängd TV. Genomfrusen och skakig av sömnbrist, skriver jag till Evelina innan jag kliver in i duschen. Ser pappa framför mig kippande efter luft.

28 november 07:07 *Läser på om respiratorisk insufficiens och acidos. Pratade med sköterska i natt o tanken är att han ska må lite bättre med masken. Vilket han typ gör. Med avseende på syresättningen alltså. Men han klarar sig ju inte utan den. Då kan det efter samråd med läkare bli aktuellt att sluta använda den och låta förloppet fortskrida. Säg att det går fort då snälla! Rädd att han ska bli blå. Hemma en kort sväng på Snöbärsvägen för en dusch. Mamma är hos pappa nu. Kram*

E svarar mig medan jag duschar och jag gråter igen när jag läser hennes svar som jag av någon anledning sedan har raderat. Hon ber om ursäkt för att hon svarar som en vårdlärare och inte som min vän.

08:03 svarar jag att jag önskade precis ett vårdlärarsvar när jag ställde frågan. Hon gav mig lugnande besked att de flesta inte kämpar för att få luft utan somnar in lugnt utan att bli blå i ansiktet.

09:49 kör jag hem och stannar i Arboga för att domna bort fem minuter på parkeringen till en mack.

15:59 skriver jag till E: *Mamma meddelade att de har stängt av allt och att pappa inte vill vänta längre. Jag är rädd. Vet inte om jag hinner fram innan han glider in i medvetslöshet. Det kan knappast du svara på heller. Kram*

Jag tar tåget till Örebro 17:04 och E möter mig 17:56 för att skjutsa mig till sjukhuset.

29 november 05:42 skriver jag: *Nyss somnat in. Tack gode gud för det.*

Repliker

Sådant som blir sagt. Ord som uttalas mellan personer. Jag hade chansen när jag satt hos dig och du var tyst. Jag lyssnade till din andning där du satt ihopsjunken på sängkanten.

"Sånt är livet", sa du till mig.

"Es ist wie es ist", sa du till mamma och jag tänkte att det var länge sedan du slutade prata tyska med mig.

"Jo", svarade jag. "Jag vet, men det är tråkigt."

En tung och regnig november hade du blivit sjukare för var dag som gick. Den sista dagen denna månad visste vi båda vad som närmade sig. Väderprognosen utlovade snö. Äntligen skulle vintern och kylan komma.

"Imorgon kommer snön", sa jag.

"Det är bra", svarade du.

"Ja, och solen ska skina", fortsatte jag.

Sedan gick jag ut i korridoren och ringde hem till Nora. Jag sa att jag inte trodde att du skulle dö.

"Han kan nog inte dö."

Jag frågade varför jag inte klarade av att säga de där orden om tacksamhet. Det vore att gå med på att du skulle dö. Jag gick tillbaka in och var tyst, slumrade i min stol tills jag väcktes av dina ord.

"Det är dags nu."

Snö

Det finns ett tillfälle som börjar i en korridor på skolan när jag är på väg till aulan och pratar med Nora i telefon. Nemi är dålig. Hon mår inte bra. Vi måste till veterinären. Jag pratar och går och lyssnar och säger ja och nej. Hon blir inte bättre och snön börjar falla utanför den inglasade övergången mellan skolbyggnaderna. Det är tisdag, dagen före natten då det amerikanska presidentvalet ska avgöras. Jag cyklar hem efter konferensen och slirar i nysnön. Nemi darrar i sin bädd när vi ringer och konsulterar och beslutar oss för att avvakta natten. Hon äter och dricker. Kissar och fnyser i snön. Jag ringer mamma. Hon blir ledsen och orolig. I bakgrunden hör jag att du tittar på tysk tv.

Valbevakning. Nora sover på nedervåningen med Nemi och vi ställer galler för trappan så att hon inte ska vingla upp på natten. Det omöjliga sker, Trump ser ut att vinna valet. Jag kollar Aftonbladet varje gång jag vaknar. När klockan är fem ger jag upp och rör mig långsamt ner för den knarrande trappan. Nemi ligger ensam i hundbädden. Det brukar hon inte göra. Hon ser på mig när jag kommer.

"Hon har legat och tittat hela natten", säger Nora.

Druckit vatten själv två gånger, men inte blundat efter det. Bara tittat och det är tydligt att hon inte mår bra. Något är fel. På tv rapporteras om valresultatet och snön har inte slutat falla. Jag följer barnen till skolan och berättar att Nemi är mycket sjuk och måste träffa en doktor. De lyssnar knappt. Hoppas han kan hjälpa henne. Jag cyklar till skolan och berättar för mina elever att min hund är dålig och att jag måste ha min telefon påslagen. Nora har ringt distriktsveterinären som säger att det går bra att komma in för avlivning under förmiddagen. Men vi vet ju inte ens vad som är fel med henne. Första gången ordet sägs. Tårarna strömmar så att elevskåpen framför mig flyter ihop och suddas ut. En annan veterinär erbjuder oss tid för undersökning om vi kan komma inom två timmar. Hon har sin mottagning på landet och vi har inte hunnit få på vinterdäcken. Vi måste dit och jag har redan förvarnat mamma om att vi behöver hundvakt. Jag ringer henne när lektionen är slut. Hon vågar inte komma ensam. Det har slutat snöa. Hon frågar dig om du orkar följa med.

"Självklart", svarar du. "Vi åker om tio minuter."

Jag slirar hem och ringer min rektor på vägen. Lämnar ett meddelande. Ingen lektion drabbas av min frånvaro, men jag lämnar skolan nu. Min hund. Min hund är. Min hund mår. Inte bra. Inte alls. Bra.

Jag kommer hem och Nemi ligger i köket och tittar. Följer mig med blicken. Hennes huvud vilar i min hand och när hon skakigt reser sig lutar hon sig mot mig och jag lovar henne att det kommer att bli bra. Allt blir bra. Tiden står stilla tills mamma och du kommer. Nemis svanstipp rycker där hon ligger i korgen. Hon känner igen mamma som genast börjar snyfta när hon ser att Nemi försöker resa sig men inte orkar. Vi åker på en gång. Bara du, Nora, jag och Nemi. Mamma drar sig undan och gråter. Du är på gott humör. Pratar om valet och vad som nu ska hända. Nora sitter i framsätet och konverserar. Jag håller armarna om Nemi i baksätet. Hennes nos mot min hand. Du kör långsamt genom vinterlandskapet. Sitter tung i sätet. Du har alltid tyckt om att prata med Nora. Vi lämnar dig i bilen.

Vi återvänder med Nemi i filten och du förstår. Vi behöver inte säga något. Du berättar att det var nära ögat att du gled ner i diket när du skulle vända bilen. Vinterdäcken är nya, men det har snöat i mer än ett dygn. Du verkar stolt över att ha rett ut situationen. Nemis kropp är tung som vore den fylld av sand. I bilen håller jag henne i knäet och veterinären har förvarnat oss om att urinblåsan kommer att tömmas. I samma ögonblick som du lättad når stora vägen känner jag att det blir varmt i knäet. När vi är nästan hemma ringer jag mamma och säger att det har gått bra och hon låter lättad. Tills jag inser att hon tror något annat. Hon skriker till. Nej! Jo, vi är strax hemma och vi har henne med oss. Barnen måste få se henne. Du har tystnat. Inget mer prat om Trump. Inget mer om snön. Du vill bara plocka upp mamma och bege er hemåt. Mamma kan inte sluta gråta och vill inte se Nemi. Jag hämtar en flyttlåda och Nora lägger ner Nemi inlindad i filten. Vi ställer henne i växthuset och tänder ett ljus intill lådan. Jag återvänder till skolan och mina elever.

Mer än en halv timme

Du ger dig själv mer tid genom att inte neka syrgas.
"Det går bra. Den stör mig inte", svarar du sköterskan som frågar om du vill ha kvar grimman.
Du fortsätter att andas.
Det går bra.
Du dör när vargtimmen är över sedan fyrtio minuter.
Vad hade jag hunnit säga under den tiden om jag bara hade tagit chansen?

Det du sa som jag skrev ner 22:00 den 28 november 2020
Det får duga
Kanske senare (dricka lättöl i pipmugg)
Vilken tid ryms i ett senare?

Att ringa hem

När det blev riktig kris fanns bara du. Jag ringde och bad att få prata med dig utan att säga hej till mamma, trots att jag visste att du hatade att prata i telefon. Min bästa vän hade förlorat sitt barn i magen och jag var gravid. Jag bad dig förklara vad det kunde bero på. Du förklarade. Jag ville att du skulle säga att det var ovanligt. Du sa att sådant händer. Det är livet. Jag hörde att mamma stod bredvid och snyftade. Doktorsrösten var stadig och varm. När min kusin förlorade sitt barn i samband med förlossningen fick jag ställa alla frågor till dig och du svarade. Det är ovanligt men det kan hända, sa du.

Många år senare körde du vår bil genom vinterlandskapet och vi pratade om att det osannolika ibland händer. Hunden låg som en skälvande kringla i mitt knä. Vi visste. Medan jag bar in henne till mottagningen väntade du i bilen med motorn på. Vi satt tysta på vägen hem och jag hade hundens tunga kropp i knäet. Du var aldrig rädd för döden.

Dina ord

Det finns en bok som kom till vår stuga Dammvik som gästbok vid hundraårsjubileet 1974 och sedan dess har den även använts som dagbok för dig och mamma. Den boken vilar nu på mitt skrivbord. Jag läser dina sista ord i boken:
22 oktober 2019 Städning. Möbler under tak. 8 okt fick Opa pacemaker pga AV-block. Nu är det slut för 2019. Vintern kan komma.
Pennans bläck var dåligt, halva tvåan i årtalet är svag. Det är du som är Opa.
3 oktober Tag der deutschen Einheit. Vi firade med städning, fixering av bryggan och vattenavstängning. Temperatur ca 4 plusgrader och regn på väg.
2 september Efter kräftskiva och några dagars vila återresa till Örebro. Nu kommer en regnperiod efter en rekordsommar med temperaturer 35-40 grader i Tyskland. Återstående arbete måste vänta tills vidare.
27 augusti 2019 80 år! Födelsedagen. Festen planeras till Tyskland. Alla ringde till och med U. Jastroch. Sommarväder med temperaturer über 30 grader.
8 juli 2019 Premiärkantareller! Till Dinas minne planterades en schersminbuske (luktande!) vid minnesstenen och nu är ventilen i nya stugan färdig enligt Kristinas önskemål!
När Dina hastigt hade fått avlivas några år tidigare planterade du en schersmin som visade sig vara doftlös till din och mammas stora besvikelse.
30 juni Midsommar firades i stillhet och ro! Vi saknade besök! Sängen inköpt på Mio gav oss mycket

arbete och funderingar! Men till slut efter ca 3 dagar kom alla delar på plats (utom några små hjul?!?)
21 april Påsk! Vårväder. Operation "Aortaklaff" avklarad 6 januari. Resultat??
12 juli 2018 Sotning, inspektion och kontroll av Bergslagskaminen och spisen i köket. Nästa kontroll om ~3år! Kristina hämtade posten i Örebro, Mossan och jag vaktade stugan!

Dina namn på våra hundar. Vår Nemi som blev Nemil i flera år efter att vi hade berättat för dig att hon lystrade till kompisen Emils namn och kom springande som en gasell när Emils matte kallade. Nemis dotter Mossa som fick heta Mossan för att du tyckte att det lät bättre med bestämd form. Nu har vi Zita, men henne hann du aldrig ge något eget namn.

Din röst

Jag sover hela natten två dygn efter att du har dött. Väcks 06:24 av min son och Did I tell you spelar i huvudet. Blundar och kurar ihop mig. Hundens pustande andetag mot min hålfot påminner bara om dina sista. Tittar och blundar igen. Små kantareller som dekoration på fredagsköttbiten.
"Ät inte dom, Mia!" sa mamma. "Det kan aldrig vara bra att äta rå svamp."
"Äsch!", svarade du. "Hör auf."
Inte grädde till persikorna utan vispade äggvitor med socker. Som din mamma gjorde när det skulle vara extra fint. Allt var extra med dig. Jag ska göra allt jag kan för att fortsätta att göra dig stolt. Det spelar ingen roll att jag inte kommer att lyckas. Att jag inte hann medan tid var. Jag lovade där inne hos dig på avdelning 44 att jag ska skriva en bok, i stugan du med ett litet leende kallade för min skrivarstuga. Det måste bli den som handlar om dig. Jag börjar nu och skriver mig tillbaka. För en gångs skull vill jag försöka hålla mig till någon slags kronologi. Som en ledstång täckt av rimfrost. Vanten kommer att frysa fast om jag stannar för länge. Jag håller i och går.
Det ljusnar verkligen nu.

Att lyssna

Tystnaden.
Jag behöver den för att höra ditt svar när jag ropar pappa "Ja!" med a:et kort och tyskt som första ljudet i andetag. Vi sa inte mycket till varandra. Jag kunde direkt höra på ditt tonfall vilket humör du var på. Du var rädd för att svara i telefon och drog dig in i det sista. När jag var hemma hände det att jag fick se dig stå lutad över den ringande apparaten i hallen som om du bara önskade att den skulle sluta ringa precis när du lyfte luren.

Dofterna och ljuden

Den gnisslande tvättstugedörren, där persiennen mellan fönsterrutorna skallrade till varje gång du gick ut för att röka. Dina snarkningar som fick det att mullra i väggarna upp till mitt sovrum.

Mamma berättade för mig häromdagen att hon ibland vaknar till ljudet av kaffebryggaren och sedan inte klarar av att stiga upp när hon inser att hon är ensam. Huset är sålt men det spelar ingen roll, jag är säker på att hon också hör den gnisslande dörren.

Det fanns en tid när dörrarna som vi gemensamt kämpade för att öppna var de som gick till bildäcket på Stena Lines färja. Pysljudet och den kalla bensinluften som slog emot oss. Jag hade fått Toffifee i taxfreen och det var högsommar. Vi var på väg till Oma och innan vi skulle sätta oss i bilen plockade jag fram chokladen som hade börjat smälta. När jag försökte trycka upp chokladbiten fastnade den på mitt pekfinger och satt där som en blank liten hatt. Jag och mamma hängde över bilens baklucka och skrattade tills tårarna rann. Din mun var ett streck och blicken svart när du fräste:

"Bete er ordentligt! Sauerei!"

Mamma viskade till mig att du bara var stressad, hon ställde sig mellan oss. Jag ville aldrig mer äta Toffifee. I bilen yttrades inte ett ord förrän vi närmade oss din hemby Issum. Jag låg i baksätet och låtsades sova.

Att bära

Den sista natten rör jag mig mellan salen där du ligger och dagrummet. Med yllesockor på fötterna och sjal över axlarna. Fyller tekopp efter tekopp och värmer min vetekudde i mikron. Jag bär den på armen som ett barn. Tyngden håller mig kvar i rummet. Mina fingrar kramar kornen genom tyget. Tyngden av de nyfödda barn som du har lyft upp på kvinnors bröst. Jag bär barnet som inte fick leva när du föddes. Genom natten då du långsamt försvinner bort.

Att veta

Om du bara visste att jag gick längs cykelvägen en dag i maj när häggen doftade och insåg att det inte var kärlek. Att jag inte ville vara din dotter. Jag var rädd och så insiktsfull som bara en femtonåring kan vara. Egentligen hade jag vetat sedan jag var nio år och du visade mig en jättekartong med frimärken på varuhusets leksaksavdelning.
"Oj, vilken stor", sa jag.
Du sa att jag kunde få den om jag följde med dig ensam till stugan en helg. Jag visste att jag skulle vara tvungen att göra det. Det var inget alternativ att tacka nej trots att det var du som tyckte om frimärken. Jag vågade inte sova borta utan mamma. Du snarkade. Jag ser prislappen på kartongen framför mig fortfarande. Dyr. Jag följde med och låg vaken och lyssnade på dina andetag. Du visste att jag inte ville, men du hade ännu inte slutat försöka.

Dina händer i luften bredvid mig, när jag kör dig. Du dirigerar och säger alltid att du är Herbert von Karajan och din orkester är Berlinerfilharmonikerna. Jag ler medan jag kör, men undviker din blick. Jag vet hur dina ljusblå ögon glittrar, men förstår inte varför jag är så rädd att möta ljuset. Jag har slutat skämmas för dig. Du som en gång lärde mig köra bil och sa att du rörde om i bensinen med växelspaken. Du sjöng tyska barnvisor med nya texter som ni hade hittat på under kriget.
Tatü ta ta da kommt sie angefahren.
Tatü ta ta mit ihren Möbelwagen.
Wo geht die Reise hin?
Die geht nach Palestina wo all die Juden sind.

Det var i din älskade röda Volvo Amazon som luktade så mycket avgaser i baksätet att min bästis vägrade åka med oss. Sången sjöng du alltid när vi precis hade kört ut från vår gata och passerade backen med cykelvägen, där jag gick omsluten av häggens doft och insåg att jag inte kunde älska.

Dina andetag och hur jag låg bredvid
försökte somna genom att andas i takt
en omöjlighet
min lilla kropp och dina stora lungor
tilltagande bristen på syre
och min längtan efter mamma

Den här hösten blir en väntan
en vilsevandring
ett närmande av mörkret
fukten och världen
som förlorar sin färg

November denna oändlighet
som kulminerar med din död
när våren kommer har vi överlevt
då ska vi se ljuset och släppa
de hållna andetagen

Det är alltid tankarna på näst sista natten som gör det omöjligt för mig att somna om när jag vaknar i gryningen. Vad gjorde jag den natten? Förstod jag hur nära det var? Hoppades jag att det skulle hända redan den natten eller trodde jag ännu att en vändning var möjlig.

"Två nätter vakade jag", sa jag till vänner efteråt, för så kändes det.

Två nätter och trött var jag, bortom trötthetens gräns. Lyssnade till andningsmaskens väsande, medan jag smuttade på alltför varmt te och åt upp de sista tyska pepparkakorna. Brännande söta i gommen. Lebkuchenherzen med aprikosgelé och mörk choklad. Försiktiga steg mellan dagrummet och ditt rum där du låg och andades.

Varför skrev jag inte de sista timmarna. Jag skulle ha velat minnas vad jag tänkte, men tyngden i händerna var för stor. Jag surfade på mobilen och såg att det skulle falla snö och solen skina. Men nej, det var sista natten. Näst sista natten är en enda grå dimma. Vargtimmarna passerade och du levde fortfarande. Du vaknade när mamma kom och satt upp när ronden knackade på dörren. Jag hade gett upp, men inte du.

Journalerna – det som finns kvar av minnen jag borde ha

2019-11-29 07:29 **Slutanteckning**
Vårdförlopp
Patienten avlider 05:40 Närvarande var dotter och personal.

2019-11-29 03:22
Aktuell situation
Lugn i början av natten, nekar till smärta/oro. Vid 02-tiden önskar pat något mot oro och smärta. Får detta, efter en halvtimme är känslorna fortfarande kvar och medicineringen upprepas, är samtidigt rosslig och får Robinul utan någon effekt. Mellanjouren kontaktas som ger OK till att testa med Furix mot rossligheten. Vid 03 är oron fortfarande kvar, får Midazolam och börjar se trött ut. Får ytterligare smärtlindring och lugnande tills pat kommer till ro.

2019-11-28 17:43
Andning
Bipap avvecklas 16:30 Pat går med på att ha 8L syrgas på grimma som sedan sänktes till 6L. Ingen saturation kontrolleras. Frågade patienten några timmar senare och då vill han ha kvar syrgasen som sänktes till 4L.
Smärta
Nekar smärta och oro.
Information
Dottern har kommit och ska stanna här under natten.
Funktionsförmåga
Sätter sig på sängkanten en stund efter toabesöket. Druckit fyra pipmuggar med Proviva. Vill sedan lägga sig. Frun upplever att han verkar vara positiv som han alltid har varit.

2019-11-28 16:19
Bedömning
...kontroller av vitalparametrar avslutas...
Brytpunktssamtal
Långt samtal med patienten och hustrun Kristina. Patienten önskar bestämt avstå all aktiv behandling, önskar inte förlänga utan vill avsluta sitt liv. Vill uttryckligen avsluta kortisonbehandlingen och avstå både NIV och syrgasbehandling. Informeras om att avslutande andningsunderstöd kan leda till hypoxi och hyperkapné, men inte säkert och sannolikt inte omedelbart. Vill ha symptomlindring mot eventuell smärta/andfåddhet, ångest/oro etc. har palliativa ordinationer sedan tidigare.

2019-11-28 11:30 Något förbättrat allmäntillstånd idag, mer vaken.

2019-11-27 20:24 Ligger i Bilevel-PAP hela kvällen. Tolerar behandling väl. Upplevs piggare på kvällen och kommer upp på toaletten ett par gånger. Tar av masken och dricker stundtals. Upplevs klar och redig för tillfället.

Slut på journalanteckningar.

Det finns ett protokoll som jag har undanhållit från mamma. Jag vet inte vad jag ska göra med vetskapen att ditt hjärta vägde 650 gram.
Kroppen av en större man.
(Inregistreringsdatum 2019-12-03)

Någon gång runt den tjugonde november

Det är varmt i mina ögon. Himlen välver sig gråvit. Gatlyktorna har slocknat igen. Men det är bara timmar tills de tänds och mörkret sluter sig över oss. Den fuktgrå filten som kramar bröstet. Jag ser dig sitta på sängkanten hängande. Stora blå ögon som lyfter blicken då och då. Rycker till. Småler möjligen. Du skulle skära dig på mina förbjudna tankar – skärp dig! Kom igen, hur svårt kan det va? Antingen lägger du dig ner och dör nu eller så reser du dig och klär på dig. Fan. Din stora kropp som du inte har tagit hand om alls. Drivit för hårt. Arbetat med. Försökt snickra saker med. Kört mig i sandfylld skottkärra med. Förgiftad av cigaretter och fett. Dina stora händer som hjälpt barn till världen darrar runt sängens stålram. Kramar om sjukhusets lakan. Inget får vi veta av läkarna. Bara vänta. Du rycker till när mamma kommer in genom dörren. Slumrar igen. Mamma som är din trygghet fortfarande. Jag då? Tycker du att jag är fin när jag kommer? Som när mamma bad mig gå ner och visa upp mig för dig innan jag skulle på skoldisco. När jag hade mina vackra dagar. Nu hjälper jag dig med syrgasgrimman. Du tar bort den med bestämdhet. Jag trycker tillbaka den lika bestämt. Har du bestämt dig för att det räcker nu?

Mammas kommentar när vi är ensamma och jag undviker hennes blick:

"Något mer roligt ska han väl kunna få ha?"

Eller så får det faktiskt räcka nu. Du har varit dålig så länge. Ja, men låt det gå fort då. För helvetes jävla skit.

Mamma berättade om sista kvällen hemma. Ögonen svider och bränner när jag ser dig framför mig, krypande

uppför trappan till din älskade tv. Nu står sjukhusrummets tv på utan ljud. Din blick glider dit med jämna mellanrum. Runda blå ögon dras till rörliga bilder. Repriser. Ett ord från din mun:
"Skavlan."

> Sanningen är att jag inte kunde tro
> att skillnaden skulle bli så stor
> vi pratade inte mycket med varandra
> jag undvek din blick men kände ljuset
> dina ögon när du såg på mig
> att inte få vara där
> i ditt ljus någonsin igen
> det går inte att förstå
>
> Aldrig mer är så förbannat länge
> (7 januari 2020)

"Jag orkar ingenting", svarade du läkaren på vårdcentralen som frågade:
"Vad önskar du att du orkade göra?"
"Hålla på med veden."
I stället blev du sittande framför dina tyska tv-program. Ibland gick du till datorn för att läsa Issumer Zeitung och scrolla Auktionsverkets sida. Sedan somnade du åter framför tv:n. Det hände att du somnade på snurrstolen framför datorn också, efter att ha visat mamma något fynd du missat att göra. Det var inte din stil att vara passiv, men medan åren rann vande vi oss vid att du bara satt. Vi slutade räkna med att du skulle delta.

Veden pappa det är veden
som jag har burit hem åt dig nu
famn efter famn
och staplat tills armarna värkte
den är hos oss nu pappa
Veden
Pappa
Veden
(18 april 2020)

Mot slutet av november 2019

En vecka i fukt och tätt mörker från morgon till kväll. Ständigt våt trots att prognosen talade om uppehåll. Jag sitter vid fönstret och försöker lösa korsord. Du hänger på sängkanten med en smal syrgasslang. Framåtböjd. Sippar då och då på saft vatten blåbärssoppa lättöl. Jag drar upp benen under mig och stöter till det utskjutande sängbordet. Känner mig klumpig och minns hur du avskydde när jag klampade i trappan hemma. Det finns så mycket som jag inte gjort rätt eller åtminstone inte som du ville. Du kunde klaga och skälla och muttra och någon gång röt du till så att jag genast slöt mig. Förstod att jag inte var värd.

Möjligen gör jag rätt den här sista gången. Jag kommer och jag går och jag kommer tillbaka. Jag är hos dig, men jag sitter inte och håller din hand. Jag sitter vid sidan och vågar inte riktigt röra dig förrän du är på väg bort. Dina stora svullna händer. Min sons välformade naglar. Händerna som hjälpt barn att födas. Varsamma mot andra.

Från klockan fyra var du inte längre kontaktbar. Jag ville inte försöka. Jag klarade inte att vara den som drog dig tillbaka från medvetslöshetsdimman som du längtat efter. Jag bad Jasmina, sköterskan. Hon konstaterade att du var på väg bort.

Detaljerna som jag minns dygnen efteråt och känner det där hugget av sorg inför, insikten - aldrig mer. Jag glömde säga att jag hade satt upp dina kulörta lyktor. Att jag och min son gjorde det tillsammans.

Vädret, vi kunde alltid prata om vädret. Så det gjorde vi.

Jag ställde mig vid fönstret och sa:

"Nu kommer snön. Det är vitt ute nu och imorgon ska solen skina."

"Jamen då så", sa du inte då, men det gjorde du ofta annars, med ett glitter i ögonen. Jag visade dig min telefon med SMHIs prognos och alla solar.

"Det blir en fin första advent."

Julen var en högtid som du verkligen tyckte om liksom påsken. Det bästa du visste var att väcka oss med Hosianna på hög volym och bjuda på Lebkuchen till frukost. Pynta en kungsgran med endast rött och silver. Förra året var du motvillig och tvivlade på om det skulle vara värt det. Mamma gick inte med på en jul utan gran och du köpte naturligtvis en till henne.

Himlen är på väg att ljusna utanför fönstren nu. Dröjer det innan du får möta Dina eller är ni redan tillsammans? Det gick så fort efter det sista fladdrande andetaget tills all färg var borta från din panna. Blekvaxgul och kallnande. En slags fuktig kyla som mina fingertoppar aldrig kommer att glömma.

Mot en höst

Jag kör bil
solen skiner på mig bakifrån
imman på bakrutan glöder
värmeslingorna
driver dropparna på flykt
jag passerar blinkande
blänkande fönster på fasader

Hur ofta körde du till arbetet
i gryningen
utan uppvärmt säte
med barnradion som enda sällskap

på min bakruta rinner morgonfukten
som tårar
(Sent i september 2020)

Dröm I

Det spelar ingen roll att det var en dröm för du var verkligen där. Vi var på fotbollsmatch med Eskilstuna United och max 50 personer i publiken. Jag såg din rygg när Nora vände sig bort.
"Pappa sitter där borta", sa jag och pekade. Jag ville att Nora också skulle se dig. Varför satt du ensam på bänken? Du var blyg brukade mamma säga, men när du träffade bekanta hände det att du inte slutade prata. Det var ändå lite underligt att du satt där alldeles ensam. Den tanken minns jag susade förbi i mitt medvetande. Det är viktigt att hålla avstånd vid rådande coronarestriktioner. Det är bra att du är försiktig, pappa. Du har alltid tyckt om att titta på fotboll, men som jag minns det har du aldrig besökt någon match. När jag hade pekat ut platsen för Nora var du förstås borta och bänken var tom. Du hade rest dig och gått för att köpa en korv i pausen.

Jag fick syn på din rygg och följde efter en liten stund innan jag vågade ropa och då var Nora intill mig.

"Pappa!"

"Ja!" svarade du med spänst och när du vände dig om var det fortfarande du. Du var solbränd och log som vanligt mer mot Nora än mot mig. Jag tittade rakt på henne och mina ögon sa:

"Där ser du, det är pappa!"

Du log och skrattade nästan.

"Vill ni också ha korv? Jag bjuder."

Jag var tvungen att sträcka fram min hand och röra vid din arm och känna att den var varm och alldeles verklig. Hårstrån mot mina fingertoppar. Du försvinner inte. Jag vaknade med värmen från din hud mot min.

(Tidigt i november 2020)

Brytpunkt

Vissa dagar räcker det med att jag ser min son svänga till lite extra på väg till skolan för att jag ska minnas den gången vi cyklade tillsammans. Jag spelar upp minnet trots att jag vet att det molar. Du, jag och mamma cyklade in till stan en solig vårdag. Vi var för en gångs skull kvar hemma över helgen, annars åkte vi alltid till landet så fort du var ledig. Gruset hade ännu inte sopats från gatorna. Luften doftade uppvärmd jord och fuktig asfalt. Du cyklade före mig och zickzackade dig fram på cykelbanan. Du ropade mitt namn och vred huvudet mot vinden. Satt tungt på sadeln och svängde med ena armen. Från ingenstans kom en tant och körde förbi dig fräsande:
"Se dig för!"
Du slocknade på en sekund. Du släppte sällan taget när vi var ute. Det var mitt enda cykelminne med dig tills jag återvände till sjukhuset den näst sista morgonen.

I novembergryningen körde jag hemifrån efter att ha duschat och bytt om till mammas kläder. Jag hade inte fått med mig eget ombyte och hade börjat gråta när jag hittade dina tyska pepparkakor i skafferiet. Klassisk morgon på bilradion och bredvid mig satt du och dirigerade musiken. På cykelbanan in mot stan såg jag i ögonvrån någon som kämpade mot blåsten med en vit regncape fladdrande som vingar. Du var redan på väg.

> Genom natten utan slut
> i bilen under gatlyktornas välvda armar
> omgiven av basgångar och texten som för mig tillbaka

Oh oh oh
Did I tell you
Oh oh oh
blundar och kryper ihop i baksätet
det är jag som kör bilen
blundar
Did I tell you
that I need you so
det gula ljuset passerar mina ögonlock
när jag lyfter blicken ser jag
lysande fingertoppar som kröker sig över mig
slocknar när ljuset återvänder

Sorgen glider som isflak
i mörkgrönt vatten
glider stilla
genom kroppen som är min
bedövar och passerar

Jag känner inget sötsug och knappt någon hunger eller längtan efter smaker. Mina ögon är små och matta. Blicken jag möter i spegeln är främmande.

"Det verkar som om du är sjuk", säger min dotter. Hon trycker sin smala kropp mot min. "Men du är bara ledsen."

Jo. Och jag håller långsamt på att förvandlas till min mamma, med sättet att tala dröjande och inte hitta orden. Stamma och stappla. Vimsa och bli så trött att jag omöjligt kan hålla mig vaken. Jag trodde inte att det skulle kännas så här. Du har glidit undan från mig länge, men nej inte var det så här det skulle kännas. Nu är du verkligen död och nu. Och nu. Min pappa har dött. Ett fladdrande andetag och borta. Putz weg. De stora blå ögonen som mötte mina, men såg bortom mig. Som om det var år sedan jag satt hos dig. Två dygn sedan jag lyssnade till de väsande andetagen. Rosslandet som upphörde när andningen rörde sig upp genom bröstkorgen och stannade i munnen.

(Dagboksanteckning den 1 december 2019)

Ljusets högtid

Det är ljusen från Laternenfest på Kindergarten som har dröjt sig kvar som färgade skuggbilder. Den 11 november firas Sankt Martin i Tyskland med en lyktvandring genom staden för barnen och deras föräldrar. En drypande dag med fukt som svepte över oss färgglada barn och din beige rock blev fläckad av lyktorna. Du gick nära mig och höll min hand. Du bar min lykta när papperet började lösas upp av regnet.

Ich gehe mit meiner Laterne
und meine Laterne mit mir
Dort oben leuchten die Sterne
hir unten leuchten wir

Det måste ha varit tre år sedan som jag nämnde för mamma att vi hade haft en diskussion hemma om ljusslingor utomhus och jag sa att Nora inte höll med mig om att färgade slingor var vackrast.

"Jag är säker på att pappa skulle hålla med", sa jag till mamma utan att be om att få prata med dig direkt.

"Säkert!" svarade mamma.

När samtalet avslutats dröjde det inte många minuter innan mamma hörde dig starta bilen på väg för att köpa en utomhusslinga. Mamma har berättat för mig att din kommentar hade varit:

"Vill kleine Maria ha en färgad slinga ska hon få en."

Jag fick den inslagen i ett paket när du och mamma besökte oss till Nikolaus den 6 december, men jag tänkte att du verkade måttligt intresserad av att se mig sätta upp den. Jag lindade den runt pergolan på husets baksida, enbart synlig från köksfönstret. Medan december var gråfuktig med tätt mörker såg den ensam och gräll ut mot det algfläckade träet. När snön föll och bäddade in skenet ville jag gråta av hänförelse. Jag kunde inte värja mig mot färgerna.

"Är det inte fantastiskt, pappa?" frågade jag på julafton.

"Jag föredrar de ofärgade", svarade du.

Samtala

Jag förstår inte att jag kunde låta bli att ta vara på tillfället, chansen, möjligheten att möta din blick när du och jag lämnades ensamma i väntan på döden. Vad var jag rädd för? Att du skulle vika undan?
Jag blundar och ser dina trötta ögonlock, ögonbrynens vita strån. Vad lyssnade du på i tystnaden?
Ynkligt
Skulle min mormor ha sagt och mamma hade hållit med.
Det är för ynkligt av Maria
att inte kunna ge sin far
en blick en enda gång
Ynklig var jag i sanning, men jag vågade inte riskera att dela min rädsla.

Jag sitter på bibliotekets café och försöker skriva utan att lyfta pennan. Det sorlar och susar runt mig. Ett ständigt brusande. Pluggar in lurar med hög cellomusik, men samtalen tränger igenom. Det är dig jag vill höra när jag skriver. Inte andra människor. Solen sjunker i genomsnitt tre minuter tidigare för var kväll nu. Jag kommer inte att klara den här månaden utan dig. Jag vill inte. Där satt jag hos dig i två dygn och ville bara få ditt döende överstökat.
Ynkedom
Men det var det enda sätt jag kände till. Jag hade blivit som du. Jag låtsades obrydd. I tron att det var ett bevis på styrka. Sånt är livet påstod du. Ja ja JA jag vet, men jag vill inte, för i helvetes jävla skit, att du ska dö. Dö inte utan att ha sagt

förlåt. Hur ska jag någonsin få svar på om du verkligen älskade mig. Om du tyckte att jag dög någonting till.

    Rör mig på vågor
    som suckar i nattens ljus
    Dagen mörk och stum

Jag duger till att ta del av protokollet med alla ord
Orden som tränger sig på
Dorsalt likfläckssystem
Kroppen
efter
en
stor
man
Du.

Sedvanligt dorsalt distribuerat
system
skapar illamående
Du hade inte velat
att jag skulle läsa det där protokollet
Inget för mig.
Det är inget för dig hade du sagt
Lass das sein
Es ist wie es ist
Ja ja
Ich weiss
Echt scheisse

När jag vakade hos min vän
som var döende i cancer var du bekymrad.
Du kan inget göra, sa du. Det måste hon förstå.
Du blev orolig för mig
ville skydda mig från döden
Vad vi inte visste var att jag förberedde mig
för att kunna vara hos dig
orden som tar så mycket plats
in i rummen mellan cellerna
sedvanligt distribuerat

Tillsammans framför elden

Lika hettande som mina kinder blir när jag står för nära brasan. Lika sval var din panna när andetagen stannat. Mina fingertoppar som tvekar över tangenterna kommer alltid att minnas din utslätade hud. Kall så den klistrade sig mot mina fingrar som inte kunde röra sig, men försökte trycka din stora tunga hand. Där värme dröjt sig kvar i fingrarnas hårstrån.

Jag står vid brasan och tänker att du också stod så som barn. Med lågornas dans i ögonen.

Vi är samma.

Jag insåg det aldrig förrän det var för sent. Hur ska jag förhålla mig till att du arbetade hela livet med att hjälpa barn till världen. Förlossningsläkare. Du var den varmaste och snällaste med ditt stora hjärta. Den som gav trygghet. Den som kunde ge.

I mörker

Jag kan inte låta bli att titta in i baksätet på parkerade bilar när det är mörkt och regnigt ute. Det är inget jag vill och jag är rädd varje gång, men när blicken dras dit ser jag barnet, den lilla flickan som sov sig genom milen på Autobahn. Hon ligger utsträckt med sina långa smala ben och i framsätet sitter mamman med armen bakåt för att skydda henne vid inbromsningar. När jag tittar bort och fortsätter gå längs vägen kommer jag till en annan bil. Där ligger flickan igen hopkurad på sidan. Hon ser ut att sova med armarna över huvudet, men jag vet att hon trycker in fingrarna så hårt hon kan i öronen. I framsätet sitter en man och en kvinna som inte vet vägen. Bilen är parkerad, men bara tillfälligt och den har precis åkt av färjan och måste vidare trots att mannen är stressad och arg. Hans röst smattrar mot rutorna och kvinnan tänker att det är tur att flickan i baksätet sover. Hon sover alltid bra i bilen.

Mot revet

Sommaren när jag var fjorton och du skulle fylla femtio bokade familjen två veckor i en bungalow på Gran Canaria. Jag var lycklig i månader innan när jag visste att jag äntligen skulle ha en chans att få bli riktigt solbränd. Bruna ben var viktigare än mycket annat och krävde hårt jobb för att lyckas. Det dröjde inte många dagar innan din rastlöshet visade sig i samtalen med mamma. I slutet av sommaren skulle vi få besök av dem som du refererade till som tyskarna, vilket avsåg dina tre bröder och två systrar med respektive. Jag stekte mig i solstolen med en blöt handduk över ögonen. Svetten kliade på lårens baksidor när rösterna trängde igenom den ångande frottén.

"Vi måste börja planera maten och då måste vi veta hur länge de har tänkt stanna."

"Ja ja. Jag köpter oxpytt och gör Reibekuchen."

"Fattar du hur mycket det osar när du steker utan fläkt?"

"Kartofelsallat und Würstchen. Kall mat."

"Tror du dom förväntar sig kaffe på förmiddagen och eftermiddagen? Jag kan inte vara ledig två veckor. Hur ska du orka fixa allt?"

"Es wird schon werden."

"Det säger du alltid. Jag vet hur det blir."

"Hör auf."

"Det är dina syskon."

Du drog dig undan och tystnade som vi var vana vid och vi började tassa på det kalla stengolvet. Obekväm med arrangemanget både här i hettan och med det förestående firandet. Hur mycket öl skulle du köpa? Hur mycket kunde du räkna med att de skulle ta med? Snygga inbjudningskort var ditt område och det enda du kunde tänka dig att planera. Att socialisera dig med syskonen i sommarstugan i två veckor skulle bli tufft. Dina bröder var händiga och ville hjälpa dig att renovera stugans uthus. Du skämdes över dina verktyg som stod och samlade damm.

"Pappa är stressad, det är inget att bry sig om."

Det gick inte över. Du började vattna häcken genom att fylla papperskorgen med vatten och släpa ut i trädgården. Du verkade inte skämmas när trädgårdsmästaren skymtade med sin slang från andra sidan buskarna. Mamma fortsatte att försöka lirka.

"Kan du inte sluta med det där?"

"Det var din idé att stanna här i två veckor. Idioti!"

"Tänk på Maria! Ska du inte ta en promenad?"

"Kan du göra själv. Lass mich in Ruhe."

"Pappa behöver vila lite i skuggan."

På kvällen gick vi ner till strandpromenaden för middag. Du tyckte maten var tråkig och hade ingen aptit. Inte ens fisken smakade. Du berättade om hur det var på Cypern när jag var sex och hade lärt mig simma. Då hade du haft ditt fiskespö med dig och kastat från klipporna. Fångat exotiska fiskar och simmat i turkost vatten. Här var havet våldsamt och stränderna överfulla. Jag var inte längre en tandlös flicka som gick att muta med presenter från souvenirbodarna. Jag var långbent och blond och en sådan som de spanska männen vände sig om och visslade efter när vi passerade i den dallrande hettan. Mamma och du log varje gång, men jag led och kände skammen bränna.

Det kan ha börjat med att jag glömde kvar min nya svarta och neonrosa baddräkt på parasollet redan första dagen. Du pratade med mamma om att jag aldrig tänkte mig för. Mamma försökte lugna dig, men jag hörde att hon var besviken. Vi gick tillbaka till stranden tillsammans men baddräkten var förstås borta.

"Pappa kommer över det." Påstod mamma som såg min förtvivlan.

"Jag skulle ha kommit ihåg att påminna dig." Fortsatte hon och jag hatade när hon försökte ta bort min skuld. Det hade aldrig fungerat hittills. På kvällen var schnitzeln torr och ölen för dyr. Mamma och jag åt under tystnad.

Du tyckte inte om sanden som tog sig in överallt och saltet från havet som klibbade fast. En gång badade vi tillsammans, du och jag, och vi vadade ut tills vattnet räckte mig upp till hakan. Jag såg hur du lutade dig bakåt och blundade. Vågorna växte medan vi började simma in mot land. Ingen av oss hade räknat med kraften hos strömmarna som sög ner oss mot botten, jag förlorade gång på gång kontakten med dig. Vågorna avlöste varandra allt tätare. Dånande med strömmar som slingrade sig runt benen. Från stranden avlägsna skrik. Inte mer än ett halvt andetag innan benen slogs undan och axeln pressades mot botten.

Om jag blundar kan jag höra mullrandet och känna hur halsen brände av allt saltvatten jag svalde. Medan jag tumlade runt och kämpade för att nå vattenytan började de fjorton år jag hade levt att passera. Jag minns att jag tänkte att det är nu jag dör och livet passerar revy. Ett uttryck jag hade hört men inte förstått, revy var något som Hasse och Tage spelade. Jag tänkte på mormors famn och när jag blev ormbiten som sexåring. Mammas mjuka armar och hur hon fönade mitt hår medan jag låg i hennes knä. Det var synd på freestylen som du hade lovat mig att jag skulle få köpa innan vi flög hem.

Var och en för sig kämpade du och jag mot havets styrka och när vi äntligen nådde fast mark under fötterna mötte mamma oss på stranden redo med kameran.
"Nu hade ni väl en underbar simtur!"
Vår överenskommelse var tyst men stark. Far och dotter hade lekt tillsammans i vågorna.
"Det var nära ögat", viskade du till mig när mamma hade tagit kort.
Jo. Vi kunde ha dött tillsammans.

Den sista sängen

Det var tyst i rummet så när som på syrgasens susande. Jag hade vant mig vid ljudet och försökte slumra på min ihopfällbara säng. Jag hade trott att natten innan skulle vara din sista, men ditt hjärta var starkare än vi hade räknat med. Natten innan hade jag oroat mig för mamma och googlat på samtalsgrupper för änkor och hur lång tid sorgearbetet kunde tänkas ta. Palliativ vård var det som erbjöds dig nu och du hade sedan ett par dagar blivit lovad en större säng där du inte skulle glida ner med fötterna mot gaveln. Jag fick påminna nattpersonalen och efter midnatt hade de äntligen hittat en annan säng i ett förråd och hjälptes åt att få över dig till den. Du var på gott humör och försökte skoja med sköterskorna.

"Tänk vad ni får jobba och slita mitt i natten."

"Det gör vi så gärna."

Jag hjälpte dig med lakanet och nattskjortan som åkte upp och blottade din mage. Äntligen hade du en säng som var tillräckligt stor för att rymma hela din kropp som på något sätt vällde ut mer ju sjukare du blev. Jag lyckades sjunka ner i någon slags dvala när jag väcktes av din röst.

"Det är dags nu."

Jag kastade mig upp från min säng och tryckte på larmknappen och öppnade sekunden efter dörren ut till korridoren för att ropa på sköterskan.

"Kan någon komma?"

Hon kom och du bekräftade att det kändes jobbigt med andningen. Jag tror att du bad henne att inte snåla, men minns inte vilka ord du valde.

"Nu vill jag inte att du försöker resa dig och gå på toaletten efter den här sprutan."

"Okej."

Med de orden sjönk insikten som en sten i ett gruvhål inuti mig. Du skulle bli liggande i den nya sängen och det var bara en fråga om tid. Timmar och minuter som jag räknade andetagen och sköterskan kom och fyllde på med fler doser tills du kom till ro i djup medvetslöshet.

Att inte duga

Det var en morgon i början av sommarlovet. Jag halvlåg i den bruna skinnsoffan närmast fönstret och tittade på sommarlovsmorgon. Du och jag skulle köra i förväg till stugan senare och du hade åkt för att handla det sista. Jag njöt av att vara ensam hemma. Mamma jobbade och skulle ansluta på kvällen. När du kom tillbaka från affären hade lädret klibbat fast mot mina lår och jag hade fortfarande det urvuxna nattlinnet på mig. Du skrek åt mig när du insåg att jag var långt ifrån redo att hoppa in i bilen. Jag stängde skamsen av tv:n trots att programmet inte var slut. Jag tystnade. Klädde mig så fort jag kunde och struntade i att borsta tänderna. På kvällen när mamma och du satt framför tv:n och jag ritade i mitt rum som låg innanför vardagsrummet hörde jag dina suckar.

"När jag kom tillbaka satt hon fortfarande kvar som fastfrusen framför rutan. Det är inte klokt vad lat hon har blivit."

Jag hörde aldrig mammas svar. Hon var troligen tyst. Det enda jag minns och aldrig kommer att glömma är ditt konstaterande att jag var hopplös. Jag hade känt det på mig en tid, men nu hörde jag orden uttalas som sanning.

Dröm II

Det finns drömmar som inte borde drömmas och när de ändå gör det så borde de inte skrivas ner, för då flyttas de ytterligare några millimeter närmare den verkliga världen. I natt tog sig en sådan dröm upp till medvetandets yta och sedan dess är den omöjlig att radera utan att först skriva ner. Hundvalpen har somnat om vid mina fötter och suckar till ibland. Till ljudet av små knorranden vågar jag formulera vad jag fick vara med om i drömmen. Det som hände:

Du var inte död när mamma och jag skulle lägga över dig i kistan. Vi befann oss ensamma på ett hotellrum och du låg i sängen under en massa tvätt som skulle vikas. Ett lakan över dig. Ett sista. Jag fick påminna mamma som höll på med tvätten att hon skulle vara försiktig och inte slita bort det sista lakanet. När allt tvätt var vikt och lakanet blottade din nakna kropp flämtade vi båda till. Men vi hade bestämt oss för att göra detta tillsammans. Du låg där under våra blickar som utfluten på sängen. Men så svalde du och stönade till. Mamma var inte där just då och jag tänkte att det var tur. Dina ögon öppnades och stirrade först mörkt oseende rakt mot mig, sedan vred du på huvudet och hostade matt. Som vore du förvånad över att ha fått luft att andas igen. Jag visste att fiskar kan få ryckningar i kroppen efter döden men du borde ha varit död sedan flera dagar. Mamma kom tillbaka och när hon fick syn på dig blev hon stående stum med handen för munnen. Vi såg på varandra med blickar av skräck och förtvivlan, hopp och förvirring. Det måste vara inbillning tänkte jag, men nej din kropp var varm och slapp. Slapp och varm. Om det fanns ett stadie efter likstelheten så var du där nu, tänkte jag. Sedan tänkte jag dorsalt distribuerat likfläckssystem och att du var täckt av blånader på bålen. Men du var varm. Du hade varit en död kropp, men nu var du en kropp som levde. Du tänkte inte acceptera att läggas i en kista. Hur trodde mamma och jag att vi skulle klara av detta ensamma? Varför befann vi oss på ett hotellrum? Jag petade på ditt lår och det var som en deg där mitt finger sjönk in men utan att lämna avtryck. Sjönk in hela vägen till lårbenet. Efter min beröring försökte du resa dig och mamma stod fortfarande som förlamad med handen för munnen. Stillbild.

"Men hjälp till då!" skrek jag mot henne med en liten röst som inte lät som min.

Jag skrämdes av din nakenhet men satte upp ett knä för att ta emot så att du inte skulle falla åt sidan.

"Vi måste göra något", viskade mamma och försvann ur mitt synfält.

Jag blev ensam med dig på rummet och fick för mig att skrämma dig tillbaka till döden. Jag skrek och visade fuck you med båda händerna. Du blev arg och försökte slå efter mig men saknade kraft. Jag backade mot dörren och ringde 112 men kom hela tiden bara till hotellets reception. Till sist skrek jag till kvinnan att jag behövde en läkare och det var bråttom för min pappa borde vara död men levde. Jag lämnade dig på sängkanten där du hade tippat åt sidan.

I hotellets lobby mötte jag mamma och medan vi väntade på ambulansen dök hennes väninna upp. Mamma hade sagt till henne att det var kris på vårt rum men att det verkade som om det ändå skulle kunna lösa sig. För henne hade ett hopp tänts, för mig var det panik och mörker. Hotellet låg inte långt från sjukhuset och vi gick ut i entrén för att spana efter ambulanser som inte verkade vilja stanna. Någon kom och körde förbi.

"Vi är inget prioriterat fall", hörde jag mig själv säga till mamma.

Hon irrade med blicken. Till slut kom en ambulans som stannade och två sjukvårdare gick ensamma in på rummet. När de kom ut igen tog de mig åt sidan och sa:

"Det är bara för er som han lever. Han är död och har varit död i flera dagar. Vill ni att vi tar honom med oss?"

"Det är inte möjligt! Han hostade. Han slog mot mig. Mamma såg hur han tittade."

"Det är så ibland att psyket spelar en spratt."

"Det är bara för oss han lever, mamma, för alla andra i hela världen är han död. Dödens död."

"Men det är inte möjligt!"

"Jo det sitter här hos oss." Jag slog hårt med knuten hand mot min panna och ville slå mamma också för att hon skulle förstå, men vågade inte.

"Nej, jag måste få komma in på rummet. Jag ska spela in alla ljud som kommer från honom. Det är på riktigt. Vi kan inte lägga en ickedöd i en kista."

"Men fattar du inte, mamma. Det händer bara i våra huvuden. Det är oss han inte släpper. Inga andra bryr han sig om."

Vi gick tillbaka mot korridoren där hotellrummet låg. Jag började springa och hörde mig själv skrika när jag kom fram till en öppen dörr. Jag skrek som efter en mardröm men ljuden som kom ut var knappt hörbara. Mammas väninna drog i min arm och sa att det var fel dörr. Dörren till vårt rum var fortfarande stängd, du hade inte rymt, men du låg inte kvar i sängen. På något sätt hade du tagit dig ner på golvet och dragit ihop kroppen till fosterställning. Jag såg att även nedre delen av ryggen och skinkorna var täckta av blånader.

Kan du inte bara döden dö och lämna mig ifred?

Tidvatten

I natt grävde tyngden av din döda skalle en grop i mitt bröst
medan jag fortsatte sova. Mamma och jag stod på en strand
där tiden drev fram en vallgrav med smältvatten runt oss.
Jag bar din skalle i mina armar. Tryckte mina fingrar mot
din välvda pannas kalla ben. Din rynkiga hud som slätats ut
av vågorna. Munnen som fortsatte att le och ögonen blinka.
Luggen böljade som sjögräs ner över ögonbrynen. Nacken
vilade i mina kupade händer och det var rimligt att jag fick
bära dig så. Skydda dig med min kropp mot vattnets kyla.
Bära dig som du burit fram alla barn du förlöst. Jag pressade
din skalle mot mitt bröst tills jag kände att den kallnat.

    En tröst att veta
    vid lågtryck stiger vattenytan
    klippans sprickor döljs

    Vinden vaggar oss
    värmen strömmar från din kropp
    blek måne vandrar

Svänga förbi

Avfarten kommer alltid hastigt, men i rondellen ska jag inte längre svänga vänster hem till huset, utan förväntas ta höger till mammas lägenhet. Idag gör jag som jag brukar när jag inte har barnen med mig, jag tar ändå vänster och passerar Norra kyrkogården. Den ödsliga muren och de höga enarna. Du är inte begravd där, men på något sätt finns du kvar bakom den höga tujahäcken ändå. Det var här i kapellet som vi tog ett sista avsked och jag skulle duka fint till minnesstunden och sätta ljus i alla ljusstakar och lyktor som inte räckte. Sprätta plasten av buketter för att dekorera borden men inget var tillräckligt fint. Nu tändas tusen juleljus sjöng min dotter med sin lilla röst och jag spelade försiktigt på min viola för att inte överrösta. Jag ser hennes nacke med det ännu solblekta håret som faller i tunna lockar mot den svarta blusen som var ett par nummer för stor. Jag registrerar men jag känner inte. Ljuslyktorna spreds ut i lokalen, men i fönstren fick vi inget ställa av brandsäkerhetsskäl. Där stod fula elektriska ljusstakar och dammiga fredskallor. Döden luktar som uppvärmt damm och frasar som plastblommorna som ställdes in vid din säng när personalen skulle göra fint. Förbudet mot levande ljus rådde även på sjukhuset där syrgasen nyss hade tystnat. Små elektriska värmeljus fladdrade ryckigt på nattduksbordet. På minnesstunden ville jag kompensera och tända dina tusen ljus.

I kapprummet innan begravningsceremonin var det din kollega Sven som fick mig att bryta ihop, genom att se ut som han alltid hade gjort. Bara lite krummare och med större mage. När han sa mitt namn och kramade mig ville jag inte släppa och blev överraskad av min reaktion. Det var något i hans röst som gjorde att jag tänkte att tiden hade stannat och att du borde leva. Att du hade dött alldeles för ung. Det var Sven som efter ceremonin tog mig åt sidan och lutade sig fram för att i förtrolighet säga:

"När min mamma hade gått bort gick jag och plockade mig en bukett av blommorna vid kistan och tog med mig hem."

"Okej", svarade jag dröjande och visste inte om det var något som jag verkligen fick göra.

"Jag ville bara ge dig ett tips på något som tröstade mig, men du gör förstås som du vill."

"Tack."

Jag tog Nora åt sidan och berättade vad Sven hade sagt och hon tyckte att det kunde jag väl göra, men jag ville fråga begravningsentreprenören.

"Kransarna och dekorationerna läggs ut i kylan och blir ändå mat åt rådjuren så det kan du absolut göra."

Jag gick fram till din kista och såg att rosorna redan såg ledsna ut. De blommor som låg på kistlocket lät jag ligga och kransarna var stela och fula. Det var inte fint nog. Mamma funderade en del efteråt på varför inte fler hörde av sig. Din äldste bror hade bett mig att köpa en krans från syskonen. De skulle samlas på kyrkogården i Issum samma tid som vi startade ceremonin för att lägga en krans hos Oma. En tanke som ännu bränner är mammas ord om att du hade varit fundersam och kanske besviken över att inte fler gamla kollegor gratulerade på din åttioårsdag. Mindre än tre månader senare är du död och slipper fler besvikelser.

Minnena sköljer genom kroppen när jag kör förbi kyrkogården och skymtar kapellet. Det enda jag var nöjd med på minnesstunden var min idé om ett tyskt bord, där jag hade lagt ut chokladkakor i olika färger och ställt skålar med det godis jag hade vuxit upp med. Alla som hade barn hemma eller kände sig som barn fick ta varsin chokladkaka med sig hem. Det hade du tyckt om, du hade alltid med dig godis till mina barn. När jag blundar känner jag smaken av tyska pepparkakor och Rittersport choklad blandas med Gummibärchen och tårar. Vi tänkte ställa ditt porträtt på kistan för det tyckte begravningsentreprenören skulle vara personligt och fint. Vi glömde. Det blev kvar på bordet bredvid tårtorna och när jag kom att tänka på det var ceremonin redan över.

Bilden har jag på pianot nu. Du går med blicken i marken förbi stugan och det är höst. Jag hör gruset knastra och känner kylan dra in från sjön bakom dig. Men händerna som du håller en bit från kroppen är varma.

Efter kyrkogården kommer macken som har bytt namn flera gånger sedan jag flyttade, men ändå kallades Jet av mamma och dig. Där svänger jag höger in genom det nybyggda bostadsområdet. Missar fartguppen och tänker att det är skönt att jag är ensam och slipper kommentarer om att vara rädd om bilen. Valpen vaknar i sin bur och börjar gny.

Smörbollsvägen är ny eller säkert mer än tio år gammal, men fortfarande ny för mig. Humlestigen är gammal och jag passerar stenen där vi alltid rastade min kompis Linas hund. Den franska bulldoggen som dog hastigt i bilen en varm sommar. Hennes pappa grät så att det ekade mellan bilarna på parkeringen och jag hade aldrig hört talas om något liknande. Du var tyst och skakade bara på huvudet när jag berättade. Sedan kommer Snöbärsvägen och den är som ett U, jag kör in vid första avfarten och cirklar mig långsamt runt, förbi min första svenska kompis Lotta. Vidare till min klasskompis

Pelle som jag var avundsjuk på för att hans mamma var ung och söt med blonda flätor. Hon bor kvar på nummer tolv. Vi bodde på tjugo. Där har den nyinflyttade barnfamiljen virat en ljusslinga runt balkongräcket. Du satte alltid belysningen i en gran som aldrig stod rakt.

Jag försöker snegla över häcken som har vuxit sig hög och tät, men kommer av mig när jag möter blicken hos den nye ägaren i en skåpbil på garageuppfarten. Känner han igen mig? Jag är blek och har glasögon. När kontraktet skrevs under var det maj och min utstrålning en helt annan. Jag hade velat stanna bilen, men ökar i stället farten samtidigt som jag hukar mig i förarsätet och riktar blicken bort från huset. Jag minns hans pladder, han är precis en sådan typ som gjorde dig nervöst skrattande. En hantverkare som bara ser möjligheter och du kände dig tvingad att dras med i strömmen av ord. När du inte hittade saker att säga blev det alltför höga skratt och mammas suckar bakom din rygg.

Jag svänger in på lekplatsen ett par kvarter bort och sluter ögonen. Valpen fortsätter gny när jag ser dig sitta vid det repiga köksbordet av furu. Ihopsjunken med läsglasögonen på näsan. Du öppnar noga postens alla reklamblad och erbjudanden. De kuvert som har portot förbetalt sparar du i en egen hög. Talonger och rabattkuponger i en annan. Sedan skriver du och ritar hälsningar på erbjudanden som inte intresserar dig. Viker ihop och fyller kuverten med önskan om en god jul eller glad påsk för att glädja dem som arbetar på bokklubbar och sminkföretag. Mamma står vid diskbänken och skäms men kan inte låta bli att le. Hon låter dig hållas. Du lägger kuverten i hallen och tar med dig dem för att posta när du promenerar med Dina till brevlådan.

Hallen

Jag är så gammal att jag har börjat vänja mig vid att sova borta. När det är dags för scouternas cykelhajk känner jag mest förväntan, men själva cyklingsinslaget var inte något som lockade. Jag har packat min vanliga vandringsryggsäck med stålram och ska få den att stanna kvar på pakethållaren med spännband. Gummistövlarna sitter utanpå väskan, liksom liggunderlaget och sovsäcken längst ner. Mamma har bett dig att hjälpa mig. Du är måttligt intresserad och stökar med dina verktyg i garaget innan ni ska åka till landet. Det faller ner saker när du rotar fram kassen med spännband. Luften är tjock av virvlande damm och lukten av olja.

"Så prova nu!" säger du med ryggen vänd mot mig.

Så fort jag sätter mig på sadeln känner jag ryggsäcken kränga av pakethållaren och glida ner mot asfalten och bli hängande. Mamma kommer ut och ser hur jag får parera med benet för att inte välta över cykeln när den tippar åt sidan.

"Det där går ju inte." Mammas röst är uppgiven.

"Hör auf!"

"Hon måste packa i en annan väska. En mjuk."

"Vadå för jävla väska. Jag kommer komma för sent."

Mamma går in. Du reser upp cykeln och klämmer dig på ryggsäcken när du ska försöka räta upp den.

"Verdammt nochmal!"

"Alla andra har säkert cykelväskor." Säger jag med förtvivlan som växer i halsen.

Du får loss den knöliga framtunga ryggsäcken och en stövel har ramlat i marken. Låter väskan ligga upp och ner medan du hämtar fler kraftiga gummiband med krokar i ändarna. Kroken i ena änden är missformad och når inte runt stången till sadeln ordentligt. När du sträcker ut den för att fästa i pakethållaren släpper den och snärtar till dig över fingrarna. Du sparkar instinktivt omkull cykeln och väser ett kraftfullt:

"Scheisse!"

Jag fryser och svettas. Sliter åt mig min ryggsäck där remmarna dinglar och ser att den har fått oljefläckar på ovansidan. När jag kastar upp den på ena axeln ramlar den andra stöveln ner med en dov duns. En våt fläck sprider sig från ena sidofacket där vattenflaskan har börjat läcka. Jag stöter emot mamma i dörren och mina rörelser är hetsiga. Hon bär på en mintgrön sportbag som jag hade på lågstadiet.

"Lugna dig lite nu, Mia!"

"Säg till den där idioten i stället!"

Pappa står bakom mig och jag hör hans tunga andhämtning.

"Bete dig ordentligt!" Där kom de, orden som pappa tar till när hans tålamod är helt slut.

I samma ögonblick som han står närmare mig än mamma kastar jag ner ryggsäcken i klinkergolvet så att det låter som att något brister när metallramen tar i. Pappa vräker sig fram och får tag i min underarm i samma sekund som jag dyker ner över ryggsäcken och skriker det högsta jag någonsin vågat:

"Rör mig inte, jävla idiot!"

Mamma utstöter höga ljud utan ord som etsar sig in i fogarna mellan klinkerplattorna. Hon skriker för att skydda mig och pappa backar ut och snubblar till vid tröskeln, medan jag slår och slår på den äckliga ryggsäcken. Mamma står med en stövel i vardera handen och den mintgröna väskan sorgset hängande över armen.

"Det räcker nu, Mia", säger mamma med darrande röst. "Han har gått ut. Så res på dig."

"Jag tänker inte åka på nån jävla hajk." Min röst är liten.

"Du får följa med oss till landet. Jag ringer och säger att du har blivit magsjuk."

Jag vet att mamma såg honom dra ner mig. Hon såg mig den här gången när han tog så hårt i min arm och skulle slå, men sansade sig av hennes skrik. Mamma såg det hon inte sett, men vetat om sedan jag var fyra år. Sanningen jag vill att du ska veta nu. Det var inte du, pappa. Det var jag. Klinkerplattorna var hala och mina ben så trötta. Jag halkade och kastade mig i samma ögonblick som du närmade dig. Det var inte ditt fel. Det var bara mitt. Jag tror att jag ville att du skulle brisera och slå mig. Framför mamma. Men egentligen ville jag bara att du skulle fånga mig när jag föll. När jag valde att falla under tyngden av din hand runt min arm.

Mamma ringde medan jag var i badrummet och spolade kallt vatten högt för att slippa höra lögnen. Sedan klev jag snabbt in i baksätet utan att möta din blick. Tysta satt vi i bilen hela vägen till stugan. Jag låtsades somna innan vi passerat Nora, men hörde mammas och dina mumlanden och lättnaden i tonfallet när ni trodde att jag sov.

Köket

Jag kommer på mig själv med att flämta när skeden med vaniljyoghurt landar på tungan. Just så len och mild, förlåtande och tröstande kändes även Californialimpan som du brukade köpa på fredagar när du inte hade jour. Då hände det att du kom iväg tidigare från jobbet och var hemma när jag kom från skolan. Vi delade på det ljusa brödet som var fyllt av söta russin. Skar tjocka skivor och åt med smör stående vid diskbänken. Du verkade nöjd med att vi hade samma smak och konstaterade när limpan var slut att du borde köpa två nästa gång. Jag minns inte om du gjorde det men jag minns att det inte var många år sedan som du bakade Rosinenbrot själv, och när jag och barnen hälsade på fick vi två limpor med oss. Min dotter äter inte russin, men min son tycker som jag att allt som är sött är svårt att motstå. Limporna var inte alls mjuka och fluffiga som Californiabrödet. Skivorna föll sönder och smörpaketet fylldes med smulor. Jag delade upp och frös in med hopp om att bröden skulle genomgå någon slags metamorfos i glömskans kyla.

När bärsäsongen kom och vi behövde mer plats i frysen hittade jag bröden och såg att till och med påsarna som de låg i var smuliga. Utan att tina limphalvorna kastade jag dem i soporna och tänkte att det var bäst att inte tänka mer på hur allt skulle kunna ha varit. Mamma sa i telefon häromdagen att du hade tappat lusten att baka russinbröd efter att ha fått höra att Maja inte tyckte om russin. Du älskade att göra henne glad.

Fragment

Det händer att jag befinner mig i bekanta miljöer på nätterna, som drar sig undan när jag försöker fånga dem. Jag ser scener som jag hoppas att aldrig få se igen, men vet att jag kommer återvända till. Jag går alltid vilse mellan våningsplanen när jag är i den stora byggnaden. Det är något slags universitet som är sammanbyggt med ett sjukhus. Jag arbetar som lärare och är på väg till undervisning i nya klassrum men väljer fel väg. Insikten att det än en gång blir fel sköljer genom kroppen. Korridorerna är överfulla och den enda trappa jag hittar leder mig direkt till akutmottagningen. Därifrån finns ingen väg tillbaka till lektionssalarna dit jag redan är försenad. Det är så fullt med patienter att jag måste se mig för var jag sätter fötterna. Döende, svårt skadade och blödande kroppar omger mig och alla liknar dig. Delar av dig. När jag blundar ser jag fler och fler kroppsdelar. Jag är inte längre lärare. Jag är där för att rädda liv och jag kommer för sent.

När jag går ner till köket på morgonen medan alla andra ännu sover passerar en skugga över skåpsluckorna. En förnimmelse av ljusets skiftning. Jag stannar till och vet att den som mötte mig i drömmen är kvar. Från det fläckade fönstret i hallen kommer skenet från gatlyktorna in bakom mig. Jag vrider tillbaka huvudet och skuggan nickar mot mig. Vi har blivit samma. Stående i tystnaden och det gråstrimmiga morgonljuset koncentrerar jag blicken på skuggan. Stanna hos mig. Snälla.

Tjugo år tidigare

Jag satt i Tante Theas kök och lovade mig själv att minnas varje detalj. Memorera solkatternas dans över köksluckorna. De kuttrande ljuden från fågelburarna på takterrassen. Suckarna och tystnaderna som följde i samtalen mellan dig och din bror, Onkel Hannes. Han som var polis och skrämde mig när jag var liten genom att ta mig åt sidan och säga att han hade sett mig peta näsan. Polisuniformen var på när han kom hem för att bli serverad lunch av sin fru. Tante Thea skar hans kött på tallriken och satt aldrig stilla mer än minuter åt gången. En ny Kuchen varje eftermiddag. Alltid dessert efter maten, även på lunchen. Vackelpeter som såg mycket godare ut än det smakade. Jag har lärt mig nu att det heter Jello i USA och den röda var ändå godast, men bäst var det när jag fick både gul och grön och röd samtidigt. Dallrande kuber som jag jagade med skeden över tallriken.

Jag var tolv år den sommaren i Tante Theas kök och hade absolut inget att tillföra i samtalen. Ibland gick Onkel Hannes och du över till plattyska och då hade även min mamma svårt att hänga med. Oma var död sedan ett par år, så den smala trappan ner till bottenvåningen användes inte lika ofta. Min kusin Michael bodde fortfarande hemma och hade sitt rum innanför köket. På väggen ovanför sängen satt ett silhuettporträtt av hans flickvän Marion. Jag kände igen henne på den böjda näsan. Han var alltid så gullig mot sin mamma och överdrivet artig mot mina föräldrar. Omgivna av rakvattensdoft som Michael lämnat efter sig, pratade Thea med mamma om att det var förfärligt synd att han hade sådana problem med hyn, men tur att han trots detta hade en söt flickvän.

Min blick sökte av kökets väggar och ville etsa in varje sak så att de aldrig skulle suddas ut. Det kommer en dag när jag vill minnas detta. Soffan vi satt i var hård och kuddarna fästa med snoddar på mässingsknoppar. Hyllorna med prydnadssaker är i minnet tomma. Det enda jag minns är en lackad krans av trolldeg till vänster om dörren. Jag var alltid tvungen att be om vatten till maten och jag skämdes över att vara till besvär. Mamma fick fråga åt mig och tillsammans drack vi kranvatten som aldrig var riktigt kallt och grumligt av luftbubblor. Thea insisterade alltid på Sprudelwasser. Det brände på tungan och det var många år kvar tills jag skulle lära mig att uppskatta bubblorna. Oma hade en kanariefågel som hette Hansi och kunde prata. En ramsa som han alltid ropade, du hade kommit ihåg den ordagrant för du hade minne för detaljer brukar mamma säga. Jag minns att Thea hade en hög stapel med små kvadratiska frottéhanddukar i badrummet som vi använde för att torka händerna på. Mamma hjälpte mig att tvätta håret där lutad över badkaret. Du blev sittande i kökssoffan med din bror medan Thea tog hand om disken. Mamma och jag torkade.

För din skull

Du var stilig i mörk kostym och sidenslips, den sista gången som vi var tillsammans i Tyskland. Din äldste bror Wiro firade Goldhochzeit och alla kusiner var bjudna. Jag reste ensam och i bagaget hade jag sprutor och mediciner för ett näst sista försök att bli gravid med IVF. Nora var hemma med hundarna och jag skickade sms från toaletten på restaurangen där jag satt på toasitsen och injicerade hormoner i magen. Beslutsam och förhoppningsfull. Du och mamma hade ingen aning om vad jag höll på med. Jag hade fått ordna ett intyg för att kunna flyga med sprutorna och lägga fram dem på bandet vid säkerhetskontrollen på flygplatsen. Jag minns hur rädd jag var att ni skulle se det, men när jag vände mig om såg jag att ni redan var på väg därifrån. Ni stannade en dag extra och jag tog ett tidigare flyg.

Festen var som alla andra jag hade besökt som barn. Många timmar på en restaurang med tysk husmanskost och kusinerna fick ett eget bord. Alla utom en av dina äldre systrar levde fortfarande. Min tyska var tafflig, men det visade sig att kusinerna var ännu blygare än jag, så att våra konversationer vid borden blev fåordiga berodde inte enbart på mig. Kusinbarnen började bli tonåringar och pratade hellre engelska. Jag behövde ännu mer tid att hitta de rätta tyska orden när jag insåg att min hjärna hade närmare till engelskan än till tyskan.

När det efter middagen spelades tyska schlagers började folk gå upp på dansgolvet. Mamma kom och viskade till mig att jag skulle dansa med dig. Din hand var varm och torr när den slöt sig om min, den andra handen en bit ovanför min midja och ansiktet som en strålkastare riktad strax vid sidan om mitt. Blyga var vi inför varandra och jag minns att jag tänkte: detta händer, jag dansar med min far. Sedan ordnade mamma så att jag fick dansa med Onkel Hannes. Han hade vunnit danstävlingar i sin ungdom tillsammans med Tante Thea. Jag minns att vi båda undvek att titta på varandra, men kände hur alla tittade på oss. Din strame polisbror som var introvert med något strängt över munnen. Jag var smalast av kusinerna och jag vet att du lade märke till det. Jag dansade för din skull och hoppades att Hannes skulle vara bra på att föra. Jag älskade att dansa men förstod inte hans signaler i tid och var tvungen att spänna mig för att inte snubbla. När dansen var över kände jag bara lättnad.

Ta hand om fåglar

Duvan tittar misstänksamt på mig med huvudet på sned och en tunn gren i näbben. Kurrandet tar mig tillbaka till Issum och Onkel Hannes takterass. Din äldre bror, med den markerade näsan och det höga hårfästet, log sällan. Jag minns munnen som ett streck och blicken nervänd även i samtalen med dig. Han var utbildad målarmästare men var för snäll, berättade mamma, eftersom han inte klarade av att ta tillräckligt betalt av kunderna i byn. Då skolade han om sig till polis eftersom hans systers man var kommissarie, men han gjorde aldrig karriär på samma sätt. Det var nära hem till Tante Thea på luncherna och tryggad pension. Du var noga med att ringa din bror på söndagarna och mamma har berättat att Hannes hör av sig ibland till henne för att höra hur hon mår. Hon har alltid svårt att höra vad han säger, rösten är liten och mumlande med alltmer inslag av plattyska. Det blir en del gissningar. Jag tänker att jag inte hade behövt vara rädd för mannen som var din bror och tog hand om både duvor och undulater i voljärer på terassen. Så länge Oma levde hörde jag ljuden ovanifrån när vi satt på innergården. Kurrandet och rasslandet när klorna steppade runt mot plåten. Tante Thea avskydde burarna och tyckte det var ohygieniskt och störande. Hannes lyssnade inte på henne utan skötte sina fåglar i tysthet. Förra året ruvade ett par ringduvor i vår carport. I år kommer de tillbaka till sitt rede för att utöka familjen.

Sedan den dagen rädd

Ingenstans finns den tystnad jag behöver. Den tystnad som tillåter mig att höra blodet susa i tinningarna och långsamt söka mig genom mörkret under ögonlocken. Det är en klockas vassa tickande. Ventilationens väsande och hundens klor mot golvet. De dova trafikljuden och fåglars rop från skuggorna.

Det finns ett ögonblick från sommaren 1992 som jag rör mig tillbaka till för att minnas tystnaden som bröts och kastade mig ner i ett mörker. Jag hade fått mitt första sommarjobb som städare på ett serviceboende och jag arbetade ensam med arbetstid från 06–14. En dag skulle jag städa i ett personalutrymme och blev stående i ett svart dörrhål med blicken vilande i mörkret. Jag visste inte om det var meningen att jag skulle städa även där. Det fanns ingen att fråga, och i samma ögonblick som jag sträckte in handen efter lysknappen kom en röst långt inifrån rummet.

"Hej! Oj, skrämde jag dig!"

"Nej, förlåt. Jag städar bara lite." Jag fylldes av is från pannan och ner i fotsulorna. Pulsen dånade i öronen och tårarna brände. Livrädd och från den stunden rädd för att leva. Rädd för mitt liv. Om ett ögonblick kan klyva allt mitt itu på det sättet, kan allt redan vara för sent. En avgrund öppnade sig. En kvinna som dragit sig undan för att vila på lunchen hade övertygat mig om alltings inbyggda tendens att närsomhelst rämna.

Jag brukade köpa lösgodis på fredagarna för att belöna mig för att ha klarat ännu en jobbvecka. Nu bländades jag av färgerna i affären och rörde mig som en stelopererad mellan hyllorna. Handen greppade skopan och hällde ner pastellfärgade mintkulor i papperspåsen. De smakade isande metall.

Det händer att mina tankar snuddar vid den rädsla du måste ha upplevt dina sista timmar. När du sa att det var dags. Dags nu, för ångestdämpande och smärtstillande. Det är nu det börjar. Den allt sönderslitande oron och kampen för att lämna. Jag stod där tyst och såg på. Du hade öppna ögon och andades ansträngt med en rastlöshet i kroppen som var för tung att röra. Mitt huvud ut i korridoren efter att jag hade tryckt på larmet. En känsla av att inte ha tid att vänta. Den späda sköterskan som kom och berättade att det fanns en karaktär i Harry Potter med ditt namn, Norbert. En liten drake av norsk härkomst. Var du ännu vid medvetande eller berättade hon det bara för mig? Jag svarade att du hade arbetat extra i Norge efter att du hade fyllt sjuttio. Vi log mot varandra. Jag skämdes för ditt namn när jag var liten. Jag ville heta Carlsson i efternamn eller Andersson och ha en vanlig svensk pappa.

Samtal I

Snön kom till sist även i år men jag behövde vänta längre än till slutet av november. Först i mitten av januari föll stora flingor som stannade kvar i drivor. Kylan sänkte sig och världen förblev vit i en vecka. Sedan kom regnet och sörjan, gloppet som var rått och inte hoppfullt som i mars. Två dagar med en väta som trängde in i alla vrår innan det åter frös på och gatorna täcktes med blåis. På väg hem från skolan efter att ha lämnat barnen en fredagsmorgon, när hunden äntligen hade slutat skälla började jag prata med dig igen.

Vi är alltid på samma plats, rum 62 på avdelning 44 och du sitter på sängkanten med huvudet framåtböjt. Händerna håller om sängramen som om du hade tänkt resa dig upp och gå men blivit fast i ditt tvekande. Mörkret har sänkt sig och det kommer inte att bli ljust förrän du är borta när jag ställer frågan:

"Vad händer tror du? Efteråt."

Du drar långsamt upp axlarna och mungiporna sträcks ut i ett mellanting mellan grimas och leende.

"Du tror att jag vet allting va, kleine Mai?"

"Nej, men vad tror du? Jag tror att du kommer att träffa Dina och Oma och tante Thea." Jag låter beskäftig som ett barn.

"Ja ja"

Det hade blivit dina sista ord om jag hade ställt frågan, men visst hade du rätt, jag önskar att du hade svaren på alla mina frågor. Det fanns en tid när du hade det. Innan jag slutade prata med dig.

Vågar jag fråga mamma om hon vet vad du trodde om livet efter döden. Jag klarar möjligen att ställa frågan, men vet att hennes ögon kommer att bli blanka och suckarna ta över kroppen när hon svarar:

"Jag önskar att jag visste men han var inte så pratsam din far. Han hoppades väl precis som vi, men nej jag tror inte han tänkte på någon himmel."

"Sa han någonsin det till dig?"

"Nej"

Hon säger ingenting mer. Inte jag heller.

Vågar jag fråga dig vad du tycker om att jag skriver om oss? Nej inte än. Jag vet att du inte hade svarat och att du hade blivit tyst i veckor. Det finns saker man inte ska tala om och det finns mycket som du inte känner dig stolt över. Vad vet jag om dina innersta tankar? Jag försöker i alla fall. Din röst:

"Skriv om Dina i stället eller om Algot, med värme och humor. Det kan du få göra. Ja, ja."

"Men allt det andra som också var du?"

"Warum das denn? Muss das sein. Lass mich in Ruhe. Bitte."

Samma ro som jag själv söker när jag tänker att snön ser mjuk ut. Att jag kryper ihop i en driva och somnar där på sidan med luvan uppdragen. Det skulle vara så skönt att slippa alla ljud. Jag somnar när det blir tyst. Jag somnar när ljuden överröstar tankarna. Jag somnar.

Du satt och sov mycket de sista åren. Framför tv:n och brasan. Tillät dig domna bort för att du inte kunde motstå. Snarkande eller ljudlöst. Mina tankar på platsen där du befinner dig nu – var kommer de ifrån? Jag som inte ville vara ensam med dig som vuxen heller. Trots att mamma lämnade oss på rummet och tänkte att vi skulle prata. Hon påstod att du blev upplivad av att jag hade varit på besök. Att du skärpte dig eller faktiskt blev piggare. Hon pratade om ett ljus i dina ögon när jag kom in i rummet. Varför såg jag inte? Varför slog jag ner blicken i stället för att möta det ljuset?

Vem av oss var räddast? Jag är rädd igen nu. Rädd för att jag längtar efter vilan och tystnaden som jag tror finns där du är. Du och Dina. Hennes små grymtanden är allt som hörs och vågornas skvalpande mot stranden. Solen som går ner och upp och ni är alltid där tillsammans. Utan mig och mamma. Det kommer inte att dröja så länge tills mamma gör er sällskap, men den tanken låter jag passera som stråk av kallare vatten i sommarsjön. Nu är det du och jag pappa, ännu ett tag till, i det land som ingen mer än du vet något om. Här fortsätter jag att skriva och där lever du äntligen som du alltid drömde. Kan det vara så att vi tar drömmarna med oss och får samla ihop dem som gnistrande pärlor att hålla upp mot solen. Du får hålla på med din ved och ha höns och en vedbod med ordning och reda, plats för fiskespön som inte bryts. Färgburkar som inte torkar ut och motorsågen med oljad kedja. Reibekuchen på vedspisen och Bach från radion.

Du hade inte tyckt om att jag tänkte så mycket på platsen där du är nu. Det är viktigt att leva ditt liv skulle du aldrig ha sagt men kanske tänkt.

"Ditt liv är nu, kleine Mai, och du måste försöka leva så gott du kan. Jag gjorde mitt bästa för att lämna efter mig saker så att du skulle få det bra."

Alla saker höll på att knäcka mig. Vad gör jag med mynten och backarna med frimärken? Verktygen som du hade märkt upp noga med en rund röd färgklick och ofta NOBO. Förpackningar med skruvar som inte ens öppnats. Kapade sladdar och rostiga sågklingor. Alla tomma fack i hyllorna där det skulle kunnat vara ordning om du hade varit en annan.

Breven till mamma

För några veckor sedan fick jag hem en låda märkt med "Mias foton m.m." som mamma hade plockat ihop åt mig. Där låg det tre brev som var adresserade till henne från dig när du arbetade som volontärläkare i Wete, Pemba utanför Tanzania. Det första brevet är daterat 11 mars 1995 och du inleder med "Hej, Kära Kristina, nu sitter jag ensam här på Wete. Hoppas att resan gick bra?" Resten skriver du på tyska och det handlar mycket om praktiska funderingar kring transport från hamnen till flygplatsen på hemresan. Det märks att du känner dig ensam och försöker intala dig att allt ska lösa sig. Ni reste dit tillsammans, men mamma kunde bara stanna två veckor. De sista fyra skulle du vara ensam i lägenheten med Abbas som kom och hjälpte till att laga mat på dagarna. Han ville alltid väl men kunde inte tillaga mycket annat än bananer i olika varianter. I första brevet skriver du:

"Mal sehen was Abbas heute zaubert in der Küche. Er versprach mir auch zu waschen aber mal sehen, was daraus wird." Du gick ner många kilo i vikt under din första vistelse i Wete. Du skriver som avslutning att du hoppas att ingenting i Örebro, Dammvik, Rundbohöjden har ändrat sig innan du kommer hem. Jag tänker att våren är den bästa tiden att vara där och det märks att du längtar hem. Orden som avslutar det första brevet är "Herzlichste Grüße und beste Wünsche" undertecknat Algot. A:et är stort och bulligt. Tar självklart plats på det tunna brevpapperet och jag minns en annan pappa. En pappa som kallade sig Algot och bodde på landet.

Fem dagar senare påbörjar du ditt andra brev som inleds med: "Hej, Darling! Herzlichste Grüße aus Wete. Alles ist relativ ruhig!" Sedan berättar du att det råder strömavbrott sedan två dagar och att varm Coca-cola inte alls är gott. Det finns inte heller vatten och på morgonen har du använt en konservburk för att hälla vatten över huvudet innan du skulle till sjukhuset. Abbas måste gå och hämta vatten och du misstänker att han därför sparar in på maten eftersom portionerna blir allt mindre. Du har avstyrt några operationer på grund av patienternas låga blodvärden och förklarar att det inte är tillåtet att ge blodtransfusioner inför operationer på grund av risken för HIV. Mamma har ringt dig kvällen innan och det gjorde dig mycket glad skriver du. Det tycks ordna sig med hemresan och all transfer. På brevets sista sida kommer det som kramar mitt hjärta hårt och skoningslöst. Du skriver att du egentligen hade hoppats att någon gång få höra något "von Kleine Maria aus Uppsala aber das kommt wohl noch." Du väntar och tänker att brev från mig måste komma. Jag kan inte minnas att jag skrev till dig. Du avslutar med att hoppas att ni ska återse varandra friska och glada 9 April 1995 på Arlanda och frågar om jag då redan har fått påsklov. Brevet är undertecknat Norbert.

Det tredje och sista brevet från Wete, Pemba Island är daterat 24 mars och du konstaterar att det bara är två veckor kvar till hemresan. Du skriver att du inte kan skratta längre åt Abbas mat som är densamma dag ut och dag in. Du äter lite bröd och te på kvällarna och konstaterar att din svarta kostym kanske kommer att passa igen när du kommer hem till Sverige. På nätterna drömmer du om Dammvik och ser blommande krokusar och påskliljor. Sedan frågar du igen hur jag mår och skriver att du egentligen hade hoppats att få ett brev från mig, men hittills fortfarande inget fått. Brevet är undertecknat Algot.

Jag ser din nöjda min med ett inåtvänt leende efter att du har skrivit signaturen. Du älskade att få vara en annan ibland. Mamma avskydde namnet men kunde med åren inte motstå ditt alter ego och hålla med när du tjatade:
"Visst är det fint på landet!"
Jag tänker att Algot var nära den pappa du ville vara och honom behövde jag inte vara rädd för. En trygg och lugn figur som ordnade lördagsfrukost med varma Brötchen till mig och mamma när vi långsamt väcktes till Ring så spelar vi. Radion var knallgul och hade varit min julklapp när jag gick i femman och spelade in blandband. Efter frukosten gick du ut till trädgårdslandet i din gröna lantmännenoverall. Ibland gick du med röjsågen i björkhagen och mamma klagade på att du aldrig använde de dyra skyddskläderna som hon hade köpt till dig.

Jag älskade Algot för lekfullheten och lugnet han skapade runt mig. Arbetade hårt med målning och veden, men var också noga med sin middagsvila. Då tog Algot med sig sin käring upp till övervåningen och vilade ett par timmar så att snarkningarna mullrade i väggarna ner till mitt rum. Där satt jag och gjorde collage med bilder från tidningen OKEJ. Jag tyckte aldrig om att du kallade mamma för käring men hon fann ditt uttal förmildrande, rentav ömsint och pratar om det än idag. Det var något annat än gubbar som pratade om "kärringen där hemma". Hon kände sig älskad, betonade att du sa kär-ing. Du som annars var tyst och sluten kunde genom Algots ord och handlingar visa henne hur viktig hon var.

Kontrasten till Algot var de vassa orden när doktor Bollen kom hem slutkörd från en jourhelg och ingenting av det mamma gjorde dög. Hon testade ett nytt recept och fick kommentaren "Det behöver du inte laga igen." Lika illa var ditt behov av att spy galla över chefer och landsting och om mamma inte genast bekräftade fick hon höra att hon var en lika stor idiot hon och inte fattade någonting. Du sa "Blöde Sau" och "Arschloch" till cheferna och "Kiss me quickly" för att allt handlade om pengar för landstinget som var felorganiserat med inkompetenta maktgalna personer i ledningen. Jag satt tyst och försökte svälja maten.

Det var bättre när du berättade om patienterna och hur du opererade en äldre dam bara för att se att hon var "fullt med cancer när vi hade öppnat" och då var det bara att sy ihop igen.

"Vad hände sen", frågade jag ibland om din röst antydde att du ville fortsätta prata.

"Jag fick säga till mannen att de skulle passa på att göra något som hon ville för det var bråttom. En månad senare var hon död."

Unga blivande mammor som inte orkade arbeta utan önskade sjukintyg beklagade du dig över. De bästa historierna handlade om kejsarsnitten som alltid slutade bra för att du var bland de snabbaste i Sverige på att förlösa barn och dessutom med snygga små snitt. Jag skröt ibland om dig i skolan och jag tror att du hade tyckt om det om du hade fått veta. Ett par andra av mina klasskompisar hade läkarföräldrar, men det var ändå lite coolare med en som var med och hjälpte barn komma till världen än öron-näsa-hals eller allmänläkare. En tjej som kallades Cilla hade en mamma som också var gynekolog och arbetade på det stora regionsjukhuset i Örebro som du hade valt bort eftersom du inte trivdes med stressen i det storskaliga. Cilla och Cattis tyckte någon gång i femman att det var konstigt att jag hade en pappa som var gynekolog eftersom de hade börjat förstå innebörden av de undersökningar som du gjorde. De frågade mig om inte jag tyckte det var pinsamt att tänka på. Jag ville inte erkänna utan kontrade med att jag minsann hellre skulle låta min pappa undersöka mig om det behövdes, än någon okänd gynekolog även om det var en kvinna. Det hjälpte föga och jag blev snarast ännu konstigare i deras ögon. Jag ångrade mig, men det var för sent att ta tillbaka mitt påstående så jag stod på mig i flera år.

Några år tidigare, möjligen redan i ettan, var det samma Cilla som hade svårt att tro mig när jag sa att jag hade bott i Tyskland och kunde prata tyska.

"Säg vad lyktstolpe heter på tyska då", uppmanade Cilla med ett överlägset leende. Jag visste inte och det hjälpte inte hur mycket jag tänkte efter. Mitt huvud var blankt som ytan på snöbären vid skolgården där vi stod. Jag tystnade och fick gå hem och fråga dig.

"Strassenlaterne", kan man väl säga svarade mamma.

Du förstod inte frågan eller varför jag behövde veta det. Cilla förstod däremot att hon hade haft rätt, jag kunde ingen vidare bra tyska längre.

"Men jag lovar, jag kan en massa annat. Staubsauger kan jag och Umleitung."

"Förresten är tyska ett fult språk. Franska är mycket coolare."

Efter det började jag försöka skolka från mina hemspråkslektioner genom att stanna kvar i klassrummet när jag borde gå till ett grupprum och träffa läraren. Det slutade alltid med att han kom och knackade på och så fick jag skämmas ännu mer.

Samtal II

Det är tystnaden jag söker och behöver men den står ingenstans att finna. När jag tar med mig min hund för att få ett knappt dygn i ett rum på Bed & Breakfast susar ventilationen bakom mig som Autobahn på natten. Framför mig, utanför fönstret men utom synhåll brummar en traktor och utanför dörren skramlar det i köket. Hur ska jag kunna hitta till tankarna utan tystnad och avskildhet. Tankarna finns och kommer, men jag kan inte hålla kvar dem när ljuden distraherar. Kanske blir det lättare när mörkret sänker sig. Jag ska ta hunden med mig på en långpromenad och lyssna på Niklas Rådström. Han har modet att skriva om dödens obeveklighet. Han ryggar inte och tar mig i handen. Susandet förföljer mig som minnena av alla nattliga bilfärder där jag sov i baksätet. Det är också i bilen jag fortfarande kommer närmast dig. Det är bara där jag verkligen får vara ifred, ibland så ofta som ett par gånger dagligen. Jag känner din närvaro på sätet bredvid även om det tar längre tid att höra dina svar när jag säger något. Ibland kommer ord från dig som jag inte väntar mig. Då är det jag som har lagt orden i din mun. Du är densamma som du var och mest pratar vi förbi varandra. För att du ska svara mig måste jag fråga om du har hört något från mina kusiner, hur din äldste bror mår och be dig berätta vad Dina skulle ha tyckt om olika saker.

Jag vill ha den totala tystnaden. Kan inte folk som är här bara hålla tyst? De har ändå inget att säga mig. Det räcker med att ventilationen aldrig lämnar mig ifred. I stugan borde jag sitta i stället och då kunde jag släppa ut hunden när hon behövde. Men nu är det för kallt. Jag hade behövt sitta med dunjackan på och med stela fingertoppar underhålla elden. Jag har inte den tiden när jag nu äntligen får flera timmar för mig själv. Bespara mig den människoilska jag börjar känna inför allt småprat. Låt mig vara. Drar ner rullgardinen när jag går ut och låter den fortsätta vara nerrullad. Jag behöver sluta mig. Stänga dörren till rummet och låsa. Dra morgonrocken hårdare runt mig. Duscha varmt för att möjligheten finns. Blunda när ögonen blir trötta. Tänka på att du finns någon annanstans. Att det inte är för sent för oss att prata. Det kräver koncentration och inte främmande människors läckande ljud. Någon pratar i telefon och jag hör ja, ja, mm, ja och en massa ord som följer utan att jag uppfattar dem tydligt, men tillräckligt för att bli störd. Tystnad ren och fluffig som nysnön så länge den är orörd. Är det för mycket begärt? Utan ord utifrån och att slippa frysa. Det är allt.

(Dagboksanteckning slutet av januari 2021)

Närma sig döden

Jag minns dig som stor och stum när döden kom för nära. Första gången var när din egen mamma dog, meine Oma. Telefonen ringde på morgonen efter att vi under natten hade kommit hem från Tyskland. Vi hade nyss varit och hälsat på hos dina syskon och Oma. Med väskorna ouppackade i vardagsrummet hörde jag din röst och de långa tystnaderna. Jag hörde mamma snyfta och prata med mormor som hade passat huset åt oss.

"Jag pratar med Mia", sa mormor.

"Det är din farmor, hon är visst väldigt sjuk."

Jag blev arg på mormor och sa att jag inte var dum utan fattade att hon var död. Din bror berättade att Oma hade ätit frukost som vanligt och sedan somnat in i sin säng. Du och mamma tog tåget tillbaka. Du visade ingen sorg som jag minns det. Att förlora sin mamma var en del av livet.

Den enda ljudinspelning som jag har kvar av dig i min telefon är från januari 2019 när vi pratade om Oma och du berättar:

"När hon dog, vi var ju strax innan i Issum och då vet jag att jag frågade och hon sa att vi ska åka till kyrkogården och då sa hon Maria, Maria."

Du härmar Omas darriga stämma med tyskt uttal av mitt namn.

"Kom hit, det är min plats här och då visade hon på graven."

Jag bryter in.

"Hon var med dit alltså i rullstol?"

"Exakt, hon var med och du var med och då sa hon det är min plats och tre dagar senare var hon död."
En kort paus.
"Det är ju otroligt egentligen vad dom hade för fattigt liv, det fanns aldrig några pengar. "
Dom, det var din familj, det var du.
Min mammas lillebror dog hastigt i en olycka 2014 och på begravningen satt du där stor och stum igen. Mamma skakade och du tittade rakt fram.
När mormor dog 2012 ringde du mig när jag stod vid strykbrädan strax efter 7.30 och sa:
"Nu har mormor dött."
Tydligast minns jag känslan av köld. Pulsen som hamrade under kall hud. Hjärtats slag som kom utifrån. På begravningen tittade jag bara rakt fram men hörde mammas förtvivlan, och trots att jag inte ville såg jag i ögonvrån att du satt som förstenad med armarna hängande längs sidorna.

Att förbereda sig

Livet med en hamster. Det ständigt närvarande hotet om att det sista andetaget ska ha lämnat en liten kropp. Att den lilla dunbollen redan ska ha kallnat när jag finner honom. Lättnaden varje gång jag ser hur det rör sig bland spånen och det sönderrivna toapapperet när jag lyfter på kokosnöten. Ännu en dag av liv och en nos som vädrar så att morrhåren skälver. Nu kan jag placera tillbaka hans hus och glömma honom tills nästa gång jag är övertygad om att han kommer att ligga alldeles stilla.

Överst i appen ser jag med vit text mot mörkgrön bakgrund att min mamma "sågs senast igår kl.21.59". Sover hon fortfarande? Det händer att hon somnar om men att inte ha varit inne på Whatsapp på så många timmar tyder kanske på någonting ändå. Jag låter vår konversation ligga uppe på mobilen medan jag skriver, så att jag i ögonvrån ska se hur det blinkar till när hon ansluter. Hon duschar säkert eller har redan hunnit ta en promenad till återvinningen. Igår sa hon att det är för halt ute nu för att hon ska våga gå ut. Hon sa:

"Jag säger som mormor – jag traskar fram och tillbaka i min lägenhet i stället."

Lite underligt är det att hon inte varit inne sedan igår. Hon är nog i duschen för annars skulle hon ha fått aviseringar från mina meddelanden och loggat in. När tankarna spinner i väg och dundrar ner som laviner av oro genom mitt system försöker jag hejda mig genom att tänka att det sällan är när jag tror det värsta som det verkligen också händer. Det händer alltid när jag är oförberedd och vänder ansiktet mot vintersolen. Försöker finna en tröst i att det är så och intala mig att allt därför är bra även den här gången. Himlen är grå idag och snön mosas ihop med grus under mina fötter. Min son ropar på mig från övervåningen. Jag fäller ihop datorn och tar mobilen med mig i handen. När jag har pratat med honom tittar jag på mobilen igen och då har mamma varit inne. Strax efter surrar det till av ett svar på mina meddelanden. Ännu en dag.

(Dagboksanteckning februari 2021)

Den du skulle bli

"En riktig man måste bygga ett hus, uppfostra en son och plantera ett träd." Så sa dina bröder och orden blev även dina hemma vid köksbordet, men mamma suckade och tyckte att det var opassande att jag hörde.

Du älskade att titta på verktyg i varuhusen och köpa när det var Sonderangebot. Du märkte upp varje sak genom att måla en cirkel med röd lackfärg. Du kunde snickra en del och kallade dig under en period för Händige Herrn, efter någon reklam du hade sett. Det blev dock sällan riktigt som du hade tänkt dig med projekten. Jag minns när du skulle limma fast en spegel på min och Noras badrumsdörr i Växjö och den blev lite men tydligt sned. Du skämdes och jag tänkte att du var så olik Noras pappa som alltid gjorde allting perfekt. När du monterade ihop lådor till en byrå räknade mamma och jag kallt med att alla lådor inte skulle gå att dra ut smärtfritt. Dina bröder var alla hantverkare eller målare och pikade dig för din oordning och bristande kvalitet på utrustningen. De gav dig cirkelsågar och vinkelslipar av tysk kvalitet i present. Jag minns hur du servade dem med mat när de byggde ett badrum på landet. På Snöbärsvägen byggde du i början av 90-talet en altan tillsammans med den pensionerade snickaren Sixten. Ni hjälptes åt och du var avslappnad på ett sätt som du aldrig blev med dina bröder. Kanske blev Sixten den trygga fadersgestalt som du aldrig hade haft. Mamma märkte också hur ni trivdes tillsammans och jag bakade sockerkaka till kaffet. När huset såldes bara fem månader efter din död och den nya ägaren frågade mig om altanen någonsin hade använts ville jag slå honom. Mamma gav honom tillträde till tomten ett par månader före tillträdesdagen och det första han gjorde var att riva altanen.

"Det fixade farsan och jag på ett par timmar." Berättade den nye ägaren för mig när kontraktet skrevs under.

I Dammviksboken summerar jag dina planteringar mellan 2012-2014 och räknar till 9 bärbuskar. Jag kan inte minnas att jag någonsin har plockat vinbär på landet. Jag minns små håriga, sura krusbär. Du planterade också lökar, 100 krokus, 50 snödroppar, 30 narcisser, 50 pärlhyacinter, dill och kålplantor. När jag var nyfödd drog du upp ekplantor vid Björkhagens tunnelbanestation och planterade tre små ekar i backen ner mot sjön. Växtzonen är inte optimal för ekar men de växer ännu. Ingen kan tro att de är så gamla som 46 år för stammarna är klena.

Dina ord och din röst

Jag läser mig bakåt i Dammviksboken och börjar där jag senast slutade, 2018. Orden är dina:
22 Sept Höststormen har kommit. Igår besök av H. Heydarm som ska bygga stugan i början av oktober. Maria på skrivarkurs i Växjö.
Midsommar Besök från Eskilstuna, obligat. grillning, bad, etc. Kyliga temperaturer men Maja badade ändå.
10-15 maj Sommaren har kommit ~25 grader sol och värme några dagar besök från Eskilstuna. Jakob slutade simskolan med diplom!
21 oktober 2017 Fågelmatning. Musfällor! Nu kan vintern komma!
Här hejdar jag mig och förstår att det var en tillfällighet att dina sista ord i boken blev "Vintern kan komma" det var bara så du uttryckte dig. Varje år.
8 oktober 2016 (Mamma skriver):
Nu har vi stängt av vattnet och förberett på olika sätt för den kalla årstiden. Med blandade känslor lämnar vi nu Dammvik men vi kommer förstås och hälsar på och tittar till flera gånger innan våren kommer.
Du skriver:
P.S. På TV är barnkanalen inställd

När jag läser dina ord hör jag dig och skriver det som hände i stugan. Du tyckte mycket om att ha besök av oss där. Utan att behöva blunda hör jag dig prata med Maja.

"Maja kom hit!" Du sitter i din favoritfåtölj vid kaminen

och har nyss vaknat efter en middagsslummer. "Berätta något nytt från Eskilstuna."

"Vadå för nytt?" svarar hon dröjande men går lite närmare din fåtölj.

"Vad gör ni för dumheter, du och dina kompisar?"

"Inget."

"Jakob då? Är han dum mot dig så måste du säga till Opa."

"Okej."

"Jag har hört hur han skriker."

"Mm"

"Men du är alltid en snäll flicka."

"Vet inte."

"När jag var barn och hade gjort dumheter fick jag själv gå ut i skogen och hämta en stor pinne. Sen tog min pappa den och slog mig riktigt hårt."

"Okej."

"Säg bara till om jag ska hämta en pinne som du kan ta med dig till Eskilstuna."

Jag lämnar er där och återvänder till boken.

27 augusti 2016 Födelsedag 77 år. Gäster telefonledes. Eftermiddagen besök Opera på Skäret Den Flygande Holländaren av R. Wagner. En upplevelse.
10 mars 1a besök på Dammvik. Vårvinter ±0 snö på tomten, Thea dog 28 februari hemma i Issum. Begravning 4 mars i Issum på kyrkogården.
9 okt 2015 båten upp. Möbler in till vinterförvaring. Vattenverk avstängd! Vi saknar Dina!
31 augusti Födelsedagen firades 27.08 i lugn och ro. Nu redan 76! Ofattbar! Vi upplevde härliga sommar-

dagar med massor av bär och svamp, resor till Noramarknaden, Hällefors och Grythyttan. Thea får sin 4 cytostatikakur i Goch, med början idag.
24 juli Igår grillfest med Bengt och Karsten. Pga regn flyttade gruppen till salongen och festen slutade 00.30.
17 juli efter 3 dagars besök i Issum tillbaka till stugan. Thea vistades 6 veckor på sjukhus i Goch och väntar på 3e kemoterapi. Träff hos Michael och Sylvia. Imorgon Hjulsjödagen och kaffe hos Inger och Bengt. Angela Merkel fyller 61 år men vi var inte bjudna.
16 juni Förberedelse till midsommarfesten? Vi väntar på besök från Eskilstuna.
Lördagen 13 juni Nygifta! Vigseln avklarad och Värmlands hertigpar prins Carl Philip och hans nyblivna fru Sofia (Hedqvist) mottog folkets jubel på väg mot slottet och bröllopsmiddagen. Drottning Elisabeth av England fyllde 89! år.
30 mai Kort visit. Idag ingen vårväder 8-9 grader brr brr. Thea ligger på sjukhuset i Kevelar och har fått diagnosen leukemi. Nu ska hon till Goch för planerad cytostatikabehandling.
18 april Till Dinas minne planterades 1 rosbuske med namnet Amber (hennes namn i stamtavlan var Amber Rose). Krokusar blommar, påskliljor på gång och dessutom 1 humleplanta framför verandan. Planering på gång för Marias födelsedag i slutet av månaden.
8 mars "Kvinnodagen" Kort besök +6 grader delvis snö på tomten och Skropen isbelagd! Vi saknar DINA och väntar på våren.

8 februari Kort visit. Mycket snö! Dina fick in på djursjukhus 4 feb.-15.00 Hon var allvarlig sjuk. Saknaden är stor!

Mammas ord: *och så ofattbar!*

Följt av tre hjärtan och en spiral ner över sidan på samma sätt som hon skrev när hennes bror, mamma och pappa hade gått bort.

Sveket

Din bästa väninna var hon, Dina, och det var att du skulle få träffa henne som vi kunde tala om det sista dygnet.
"Hoppas hon kommer att känna igen mig", mumlade du.
"Det är klart hon kommer att göra", svarade jag.
Vi talade genom Dina även efter att hon hade lämnat dig. Det var tack vare henne som du lättare kunde visa omtanke och kärlek. Er sista stund tillsammans förblev ett svek i dina ögon. Du hade inte förstått hur sjuk hon var och när det stod klart klarade du inte av att stanna hos henne till slutet. Allt du ville var att ta hem henne och älska henne genom god mat och närhet men hon var för sjuk. Då lämnade du henne hellre men kunde aldrig förlåta dig själv för det. Någonting slocknade i dig den dagen. Jag ser er framför mig nu, filosoferande på bryggan. Pälsen bakom Dinas öron är krusig eftersom hon nyss har badat. Du stryker långsamt hennes rygg och spanar ut över sjön.

Åter till dina ord:
2 november 2014 Mild +12 grader Succé 5 (fem!) möss dödade.
7 oktober Nach herrlichen Tagen mit Ruhe wurde heute officiell die Saison 2014 abgerundet Boot aufs Land, Wasser abgestellt etc. etc. Jetzt kann der Winter kommen.
27 Augusti Vi kom igår. Idag FÖDELSEDAG -75 Middag, tårta och Karsten kom på besök. Tyvärr saknades Obama, Merkel och Holland. Kungen hadde inte tid och drottningen inte heller men det gick ändå att fylla! Gratulationer (virtuell) från Växjö etc. etc.

*28 juli Efter sommaren kom åska, fortfarande varmt
24 grader men idag åker vi till Örebro pga arbete i
Linde. Snart är vi tillbaka!*

Jag tänker att du möjligen tänkte att det var bäst att skriva att din ålder var ca 75 eftersom du fortfarande var aktiv som gynekolog på mödravårdscentralen några dagar per vecka. Allt ditt prat om hur livet på landet skulle börja när du gick i pension visade sig svårare att hantera än du var beredd på.

Våra ord

Mamma kommer till avdelningen före klockan 7 på morgonen den 29 november. Jag läser mig först bakåt i vår sms-konversation och sedan framåt de sista timmarna, än en gång.

Mamma: Hur är det – jag är vaken nu? (02:07)

Jag: Det har varit bra. Suttit upp o pratat en hel del m mig om smått o gott. Nu börjar det bli lite jobbigare så han sa själv till om lugnande och smärtstillande. Inte orolig så att det märks för mig. (02:11)

Jag: Jag slumrade också ett tag. Fin sköterska som nu också ger något mot rosslighet. Klar i huvudet och så. Ska verka om ca 20 min. (02:14)

Mamma: Tack (02:17)

Mamma: Jag stannar väl hemma, kommer om det verkar som att han skulle vilja det. Och om du skulle vilja. (02:18)

Jag: Han är i goda händer är jag säker på. Pratade med mig om att sköterskorna här borde ha högre lön. Ja du vet ju. Tycker du ska vara hemma så länge. (02:19)

Mamma: Jag stannar hemma. (02:19)

Jag: Han får en ny bekvämare säng. (02:40)

Mamma: Bra (02:44)

Mamma: Parkerat här nu (06:37)

Jag skriver ett sms som svar om att hon ska komma till mig i fikarummet på avdelningen för att de är inne hos dig. Minuten innan har jag sett en sköterska gå förbi med en flaska raklödder i handen. Du fick rödsprängt skägg när du lät det växa även om ditt hår hade blivit grått. Ett par dagar tidigare hade du bett om att få hjälp med dusch och rakning men då fanns det inte tid på eftermiddagen. På morgonen efter när du blev erbjuden hjälp var du för trött och helt beroende av syrgasmasken.

När mamma och jag går in till dig har de klätt dig i vit skjorta och bäddat med ett mörkblått överkast. Det finns ännu spår av skäggstubb på din ena kind. Mamma går direkt fram och vill lyfta upp din haka som har sjunkit ner mot bröstet. Hon snyftar:

"Kunde de inte ordna så att han slapp ligga så här? Han ville alltid vara så fin."

Jag tar sköterskan åt sidan utanför rummet och frågar om hakan. Han förstår och säger att han ska se vad han kan göra. Det hjälper inte.

Den 28 november skriver jag och mamma till varandra:

Jag: Någon förändring? (15:49)

Mamma: Dom stänger av allt nu. Pa vill inte vänta längre. (15:52)

Jag: Puh OK. Då hoppas jag att han har fått information. (15:52)

Jag: Faaaan (15:53)

Jag: Håll mig ändå uppdaterad om du orkar. Lite i alla fall. Säg att jag kommer. (15:54)

Mamma: Omedelbart, han vill inte vänta på dig vi frågade, det kommer tydligen att gå väldigt fort. (16:06)

Jag: Det är klart att han ska få det så då. Jag pratade med sköterska nyss, men hon visste ju inget. Hade nyss gått på sitt skift. Hon sa bara att det är väldigt individuellt hur lång tid det tar att komma ner i den där kolsyrenarkosen. Verkade han lugn ändå eller? (16:15)

Mamma: Läkaren var här igen och nu blev pa glad igen för att de tar av syrgasmasken snart o att det kanske inte kommer att gå så vääääldigt fort. Kanske först i natt. Han vill bara inte ha ont, säger han och sånt är livet. Han tycks ta det med jämnmod. Es ist wie es ist. (16:18)

Jag: Har dom tagit bort masken? (16:54)

Mamma: Ja, har slang i näsan och sitter på sängkanten nöjd och glad och har druckit fem glas olika sorters saft. Skämtar med syster som vanligt. (17:03)

Här ler och gråter jag om vartannat på tåget. Jag ser ditt leende ner mot golvet. Du njuter av att äntligen få släcka törsten.

När allt är skrivet och vidrört återstår till sist dina händer. Jag har värjt mig och tvekat men jag kommer inte vidare och runt min handled hänger din vigselring på en länk. När jag skriver måste jag dra ner ärmen för att den inte ska klinga mot bordet och bryta min koncentration. Den är av vitt guld och inte rund utan mer oval efter nära femtio års användning. Jag minns mammas lättnad när hon hittade den hemma i ditt nattduksbord samma morgon som du hade lämnat mig i sal 62 på avdelning 44. För henne var det självklart att jag skulle få den och jag tog emot den och trädde upp den på kedjan runt min hals. Så nära var dina händer aldrig mig tänker jag, men sedan minns jag en eftermiddag i sängen på påsklovet 1984. Jag hade fått röda hund och kunde inte gå påskkärring. Det var något som du aldrig hade förstått dig på och jag var lång för min ålder så det fanns risk för att folk skulle ta mig för äldre än jag var. Du tyckte att det var som tiggeri att ringa på och be om godis. Det skulle ha varit sista året jag kunde få gå runt med mina vänner, men nu låg jag i sängen med feberfrossa täckt av röda prickar som flöt ihop och hettade. Jag minns ramsan och hur ditt finger rörde sig över min mage.

"Stick du domma prick stick." Sedan tryckte du till med pekfingret mot min hud och jag skrattade. Du tröttnade inte. Mamma log i dörröppningen.

Jag minns inte hur dina fingertoppar kändes mot min kropp. Inte känslan av min hand omsluten av din. Du tutade mig i magen när jag var yngre än nio. Tütknappen kallade du naveln och jag skrattade förstås. Varför har man en navel? För att kunna tüta på. Jag minns din röst men inte värmen från dina händer. Någonstans finns den. Den måste finnas.

Jag ser hur dina stora fingrar med de välvda vackra naglarna trycker ut Alvedon och penicillin ur tablettkartor när jag har halsfluss och mamma inte är hemma. Du lägger tabletterna på bordet bredvid mig men jag kan inte svälja tabletter och hulkar när jag försöker. Mamma brukar mosa dem i kräm. Du blir irriterad och vänder dig bort när mina tårar rinner.

"Du måste ta tabletterna så kommer du att må bättre."
"Jag kan inte, pappa! Det är stopp i halsen."
"Hör auf!"

Någonstans måste jag bädda ner insikten att jag aldrig kommer att få veta hur dina händer runt mina kinder skulle kännas. Min panna mot ditt bröst. En famn har ursprungligen använts för att beteckna avståndet mellan en mans utsträckta händer. I min famn. Veden som du gav mig.

I en annan hall

Det hände i lägenheten i Minden, där jag tog en stol och klättrade upp till köksfönstret för att med förväntan i rösten säga:
"Kinder draussen"
Så att mamma och du fick dra ner persiennen och säga:
"Alle Kinder schlafen jetzt."
Jag har fått det återberättat för mig många gånger. Jag gick tydligen på det varje gång tills vi flyttade från lägenheten. Det var där min starka längtan efter mormor tog sin början. Det var fest när hon kom till oss efter en lång resa. Eller när vi reste hem till Sverige och glädjen bubblade från huvudet ner i benen när vi stod och väntade på att hon skulle öppna dörren till sitt bulldoftande hem på Esplanaden. Det var alltid mormor, mamma och jag. Och så var det han – pappan som bara arbetade, jag skriver inte längre till dig när jag skriver om det som för alltid finns kvar och aldrig kan göras ogjort. Då blir du en han. En annan. Den som försvann i sveket.

Jag rör mig in i lägenheten innan jag ska somna. En smal hall och dörren till mitt rum är den första in till vänster. En liten toalett till höger följt av köket. Efter mitt rum snett till vänster öppnade sig vardagsrummet med balkong ut mot vägen. Möblerna var av mörkt skinn och de fick följa med till Sverige och bars ut först sedan pappa hade dött. Rakt fram i korridoren fanns dörren till mammas och pappas sovrum. Mamma var sjuk och behövde få vila den dagen. Jag var tre år tänker jag eftersom jag har hört att det är först i den åldern som det är möjligt att minnas saker. Minnet är i färg, men avbrutet. Jag var förtvivlad och skulle till varje pris in till mammas rum. Pappa tröttnade och var mer mån om att mamma skulle få sin vila än att jag skulle få min vilja igenom. Kanske hade han nyss kommit hem från jobbet och var trött själv. Jag grät och han försökte dra mig bort från mammas dörr. Lyfte upp mig och bar mig sparkande med en stark arm runt midjan in till min säng. Där lade han mig på mage och drog ner mina byxor och slog. Hud mot hud. Raden av gosedjur tittade på. Överkastet var av bred manchester. Jag tystnade. Sedan den dagen och tio år framåt skulle jag vara tyst och rädd för min far. Mamma vet att han slog. Hon kom ut och såg. Kanske hörde hon det ljud som blir när hud möter hud i ilska. Min lilla stjärt rodnade. Hon bad honom säkert att sluta. Han visste inget annat sätt. Minnet tar slut vid slagen. Jag vill tro att han insåg att gränsen hade passerats. Han kan inte ha velat bli som sin far, men nu var han där och jag var tre år. En eld brann. I honom. I mig. Den spred sig vidare åt olika håll. Han var avundsjuk på min och mammas relation redan innan slagen. Han stod vid sidan och såg på.

Att bli van

Jag minns var jag stod i hallen bara drygt två dygn efter din död när vi skulle fira min sons födelsedag. Min svärmor hade ryggen mot köket, bredvid byrån med julblommor på, när jag kom in från hundpromenaden och hon mötte min blick. En snabb kram och en amaryllis överräcktes med orden:
"Man vänjer sig."
"Jaha vid vad?"
"Att inte ha några föräldrar i livet."
Bakom mig i hallen stod mamma och jag tänkte att det var tur att hon hör dåligt. Jag hade svårt för klangen i orden "beklaga sorgen" för jag tyckte det lät så kantigt. Det här var jag inte beredd på. Kommer jag att vänja mig? I så fall kanske jag även kan vänja mig vid våren? Det verkar oändligt mycket tryggare att vila bakom ludna knoppfjäll som magnolian eller stanna i pionernas hårt knutna nävar. Att bevara hoppet i att snart, men inte ännu börjar livet.

Orden blev dina spår

Ditt svenska uttal blev med åren allt bättre och få kunde placera dig som tysk. Vi skrattade tillsammans åt drottning Silvia och sketcherna med Werner und Werner i Razzel på lördagskvällarna. Så hade du inte ens låtit som ny i Sverige och du skröt gärna om att du talade mycket bättre svenska än drottningen. Det var inte ovanligt att folk trodde att du kom från Danmark. Det var dock några ljud som du aldrig lärde dig, men gärna uttalade och det var början av "underbart". När vi kom fram till stugan var det alltid "onderbart" som "wunderbar". Du behöll också "Herrlich, herrlich" och vi var helt överens med dig. Ändelser var inte så noga, "hon är trevligt" tyckte du fick duga bra. Med åren tänkte mamma och jag att du gjorde det bara för att retas. När ni diskuterade vad er golden retrievervalp skulle döpas till ringde mamma mig:

"Vi kan inte ta Stina. Det blir inget annat än Schtina för pappa och det står jag inte ut med. Vi får ta Dina."

Dina, som blev din bästa väninna. Med Dina förde du i perioder längre samtal än med mamma. På fotot intill mig sitter du mittemot Dina i stugans fönster. Jag hittar ett födelsedagskort från 2013 där mamma har skrivit:

"Varmt grattis på födelsedagen från mamma." Du har skrivit till höger på kortet:

"Pappa och Dina"

Mamma har lagt till:

"Kramar!"

På kortet som är i A4-format finns en bild på dig och Dina inklistrad. Du står vid sjökanten och ser ut mot bryggan där jag kan höra Dina trycka nosen mot brädorna. Ett svagt fnysande. Ni har solen i ryggen så det måste vara på förmiddagen. Sjön är inte större än att granskogen som ramar in den syns som en ljusgrön skugga i fotots överkant. Fotot har börjat blekas i gråblågröna toner. Vattnet där solen studsar är vitt.

I Dammviksboken finns spåren av ditt uttal kvar. Med en dryg vecka kvar till min födelse i slutet av april 1975 skriver du sjön Skropens namn på tyska:

Vi kom igår och stannade här över natten. Vädret strålande, tomten delvis snötäckt. Skrupen isbelagd. Mjärden låg i sjön vid bäckmynningen, men tyvärr ingen fisk. Stor vårstädning. Plantering av 5 grannar. Målning av vindskivor samt båten. Återresa ca 16.00

Folke och Norbert

Du fortsatte genom åren att referera till julgrannar för att det lät roligare än granar. Alla förstod ändå vad du menade. Du tyckte mycket om att göra människor glada. Vi blev glada av att du envisades med felsägningen grannar. Morfar har skrivit under med sitt namn och en sirlig, gammelmanslik handstil:

Anlände Dammvik 17.5.75 Norbert ställde i ordning trädgården och satte potatis, smultronplantor samt grönsaker. Strålande sol och varmt. 18.5.75 planterades 3 st ekar samt 1 st klängros utanför Fiskartorpet. Vindskivor på veranda samt stugan målades. Brygga och båt sattes i sjön. Norbert fick en bäckforell på metspö vid bryggan i och för sig en stor sensation. 19.5.75 färdigmålning av vindskivor på stugan. Återresa till Stockholm 15.30.

På Ystadsvägen i Björkhagen väntade mamma tillsammans med mormor och mig som var nyfödd. Jag försöker nu som vuxen att se dig och morfar framför mig. Din rygg är böjd när du bär jord och gräver ner ekplantor. Nybliven far och

morfar, sida vid sida med handlingar som är fler än orden. Morfar är imponerad över din arbetskapacitet och planteringarna i snörräta rader. Det är ingen bördig jord och lite för kallt Bergslagsklimat för att det ska växa bra, men du ger aldrig upp. Mottot är att framåt kvällen kunna utbrista och värdera sin insats:
"Heute haben wir viel geschafft."
Det finns inte mycket tid för vila och ett gott dagsverke är viktigt. Ekplantorna har du ryckt upp och tagit med dig från slänten intill Björkhagens tunnelbanestation. Bäckforellen pratade du om i många år efteråt och vi spanade alltid efter de skygga fiskarna när vi passerade bäcken på väg till Göstas stuga. Om vi gick tysta kunde det hända att en skugga ilade förbi i det guldskimrande vattnet.

Du talade drömmande om att vi en dag skulle fira en gammeldags jul på landet. Mamma och mormor pratade bara om hur kallt det skulle vara i det dragiga torpet. Julen var din högtid och vid vårt köksbord av furu kan jag se framför mig hur du varje år packade ett adventspaket till Gösta, mannen som var jämngammal med mormor och hade varit förälskad i henne som ung. När mormor önskade sig ett slagbord till stugan ropade Gösta in ett på auktion och tog det på ryggen och kom gående nerför det branta berget genom skogen. Hans mamma var tant Fisk, döpt till Augusta Leontina och mor till 12 barn. Gösta tog sig namnet Ödestig och levde sitt liv ensam i stugan med skogen som försörjning medan flertalet av syskonen emigrerade till Amerika. I paketet stoppade du tyska pepparkakor, flaskor med Kümmerling kryddlikör, Weinachtsstollen och alltid ett par kvistar granris överst. Godsaker som Gösta kunde behöva när han tillbringade vinterhalvåret i en liten lägenhet inne i Hällefors.

Jag går fortfarande gärna vägen genom skogen till Göstas hus som numera förfaller. Där finns ännu blek taggsvamp till vänster och gruvhålen till höger. Doften av kokkaffe när vi kom fram och mumlandet från två lika blyga män. Mammas tunna skratt som svävade under taket. En sommar när du ensam gick för att besöka Gösta var han inte hemma och det hade aldrig hänt förr. Nedanför stugan låg Kviddtjärn som ett blänkande öga av oändligt djup. Mitt på tjärnen satt Gösta och vinkade till dig från en gummiflotte. En gåva från brorsbarnen. Han som aldrig lärt sig simma.

Morfar och du och jag

Söndagen den 24 maj 1975 skriver mamma att jag besökte Dammvik för första gången:
Trivdes bra och vill ofta komma tillbaka! Pappa Norbert planterade ett körsbärsträd och ett äppelträd. Vädret var bra, 19 grader C men inte så mycket sol. Påskliljorna i slänten ner mot källaren är fantastiska!
Det är du som skriver under med mitt fullständiga namn, men du stavar Katharina med h och jag är ännu inte döpt. Jag tänker att det fanns en tid när jag var så ny för dig att det inte var helt klart hur mitt namn skulle stavas.

Den första gången som morfar skriver om mig är den 19 juni 1975, och jag drar med fingrarna över hans vackra handstil som förblivit så obekant för mig:
Den 19.6.75 kom Kristina, Norbert och lilla Maria kl.23.30. Den 20.6 midsommarafton kläddes midsommarstången. På kvällen tändes marschaller och nybryggt öl tillverkat av Norbert avsmakades, vilket fick ett gott betyg av samtliga.
På midsommardagen går du och morfar till en liten skogstjärn och fiskar i trettigradig värme och får tre abborrar och två mörtar på metspö. Kallkällan rengörs och du planterar om sallad och grönkål:
Jag inplanterade en gädda samt tre arborrar i Kalven. I retur en 2kg gädda. Vädret hela tiden strålande. Hoppas det blir så.

Vad handlade detta flyttande av fiskar om frågar jag mamma som svarar att eftersom du gärna grävde upp och planterade om växter kunde du väl lika gärna göra det med fiskar. På landet gjorde du som du ville. Du ordnade världen i ditt paradis. Kallade dig för kungen av Melabonien när du pratade med dina bröder.

Jag ser bara ryggarna på er, två män som jag hade velat lära känna. Min morfar Folke och du. Ni är för evigt förenade av kärleken till stugan på höjden vid sjön. Omgiven av höga granar och gruvhål. Till höger om stugan står ni och tittar ner mot stentrappan som ni byggt tillsammans. Jordkällarens tak sticker upp till vänster och täcks av liljekonvaljer och mossa. Nedanför er ligger slänten med hundratals påskliljor och narcisser. Om jag håller andan kan jag höra er prata.

"Vad hade du tänkt dig att Kristina skulle göra i Tyskland då? Ska hon bli städerska?"

"Jag kommer att tjäna bra. Det är bara en par år."

"Kristina har ett bra jobb på banken."

"Hon vill det här."

Han tystnar där, min morfar som är känd för sitt häftiga temperament. Någonting händer mellan er den vårdagen då jag snart ska fylla två. Morfar har gått i förtidspension efter att ha diagnosticerats med kronisk myeloisk leukemi. Vid ett tillfälle frågade han dig som nybliven läkare vad du trodde om prognosen och du svarade att tio år kunde han nog hoppas på i bästa fall. Den försommardagen i stugan när du berättar att vi ska flytta till Tyskland har det gått nio år sedan diagnosen.

I boken finner jag dina allra första ord, den 6 juli 1974:
fångade två fina gäddor – båda i Kalven.

Du och morfar, två tystlåtna män som fanns för mig under mina första levnadsår. Ni planterar och gödslar, gräver upp lupiner längs landsvägen och flyttar till tomten. Ni fiskar och dokumenterar noga fiskelyckan. När hösten kommer drar ni gemensamt upp den träeka som mormor avskydde att ni rodde ut i eftersom den läckte som ett såll. Ni sätter hundratals lökar av krokus och påskliljor och du planterar även julgranar i grannens skog när den egna tomten inte räcker till.

Lördagen den 15 mars samma år som jag ska födas öppnar du och morfar för säsongen. Jag ser datumet och inser att min dotter föddes på dagen 38 år senare. Morfar skriver att du har lagt ut Solmull på trädgårdsland och kring fruktträd och bärbuskar. Jag hör dig uttala namnet Solmull och blir lika varm och trygg som de frusna buskarnas rotsystem. Något strömmar mot mig som doften från en tvättstuga jag passerar en regnig oktoberkväll mer än fyrtio år senare. Jag är många mil från stugan på höjden, men precis som du längtar jag alltid dit.

Det finns några spår från dig och morfar från tiden före Dammviksboken och ett av dem är ett telegram som du skickade till morfar på hans sextiofemårsdag den 4 december 1973. Du arbetade då i Kleve, Tyskland och telegrammet är prytt med tre kronor och röda rosor:

Hjaertliga gratulationer till foedelsedagen
Lekkamraten Norbert

Den 21 maj 1978 efter att jag har fyllt tre år dör min morfar och lämnar över Dammvik i dina händer. Mamma skriver i boken:

I Skropen fanns bara mört. Norbert planterade sallad och persilja.

Rinnande vatten

Det är samma osäkerhet varje år när pumpen ska stängas av i stugan. Det var ditt ansvar och nu har det blivit mitt. I år är det andra gången jag måste uppleva detta. Förra året visste jag inte heller vad jag gjorde och skruvade av fel lock för att jag inte ens hittade pumpen. Sedan gick vredet av i mina händer och trots att jag har försökt har det inte gått att hitta ett nytt med rätt dimensioner. Jag förstår fortfarande inte hur jag ska gå till väga för att det ska bli rätt. Att inte kunna skruva ihop nyköpta trädgårdsmöbler är en sak, men att inte kunna ta hand om något så viktigt som vattenledningarna över vintern är något som du skulle tycka var oförlåtligt. I badrummet står mamma och öppnar kranar och säger till när det slutar rinna. Bakom väggen står jag och balanserar på bråten i vedbon vid det som kallas hydrofor. Om någon ändå kunde gå igenom detta med mig och förklara funktionerna kanske jag skulle förstå. Nu kommer jag bara att gå igenom ännu en höst och vinter i rädsla för att något ska frysa sönder på grund av mina misstag. Glykol i alla avlopp och öppnade kranar, men resten? Det är så många platser i systemet där det finns risk att vrida åt fel håll eller glömma något väsentligt.

Låt mig räfsa löv tills armarna bränner och elda sly och nedfallna grenar. När rörmokaren som installerade ny varmvattenberedare inte vill ta på sig att stänga av vatten i ett system som han inte själv har installerat vill jag gråta i bilen, där jag inte har orkat skrapa bort all frost från rutan.

"Var droppade det någonstans, sa du?"

"Under vid själva rören liksom."

"Konstigt, jag brukar alltid dra åt ordentligt, men det får jag kolla upp då."

"Ja, till våren när vi startar upp vill vi ju att det ska hålla tätt."

Våren är avlägsen en disig morgon i mitten av oktober. Först ska vi borra oss djupare in i mörkret och kylan. Det ska överlevas ännu en november. Jag måste ta mig tid att åka till stugan igen nästa vecka. Fylla på med mer glykol. Se till att trycket i hydroforen har gått ner. Den kan säkert frysa sönder för att jag inte kan minnas åt vilket håll vredet stod förra vintern. Öppet eller stängt. Öppet förstås, men vattnet slutar inte rinna. Ilskan över min otillräcklighet väller upp som lava och jag skriker. Helvetes skit att jag ska vara en sådan praktisk idiot.

Mamma tror att jag vet hur jag ska göra. Jag låtsas, men gör det dåligt. Jag berättar i stället hur roligt det var när den nya varmvattenberedaren skulle tömmas och jag balanserade under ett långt rör längst in i vedbon. Vinglande i dina träskor. När vattnet sattes på sköt strålen ut med full kraft och träffade mig i ögat, och stänkte på benen när jag inte hann parera med hinken. Som väl var hade vi ännu inte kopplat in uppvärmningen av vattnet.

"Större hink! Nu!" vrålade jag till barnen som stod utanför vedbon och skrattade.

"Blev du blöt?" skrattade Jakob.

"Det gick bra", påstod jag och blinkade bort droppar från ögonfransarna.

"Arbetsmiljön i vedbon är inte optimal", konstaterade Nora leende och jag skämdes över kaoset. Kartonger med skruvar och delar till båtmotorn. Draglådor och gamla färgburkar att snubbla över. Dina sparade saker.

Att bädda blomlådorna med granris som du gjorde föll sig mer naturligt för mig. Jag ville inte sluta och klippte grenar med praktfulla kottar för jag tror att du hade uppskattat det. Jag ville inte åka från stugan. Vakta ledningarna och värma dem med min kropp om det fanns vatten kvar som riskerade att spränga dem inifrån. Troligast var att jag skulle glömma min vånda kommande dagar när en annan verklighet trängde sig på. Inget blir ändå som planerat och den förlamande rädslan för att göra fel var något som förenade oss. Du var säker på hand vid varje kejsarsnitt och noggrann i din matlagning och planteringar, men att montera ihop möbler gick aldrig utan svordomar. Det sista du och mamma under flera dagar kämpade med i stugan var en bäddsoffa med två lådor. En av lådorna går fortfarande inte att dra ut mer än en decimeter så jag får kila in kuddarna. Jag ger mig inte på att försöka förstå vad som gick snett.

Att leda vatten

Rörmokaren ringde och sa att han var i stugan.
"Det var jag som inte hade dragit åt ordentligt. Det var slarvigt, men nu är det löst."
"Okej, vad bra."
"Jag tänkte på en sak. Du sa att du hade stängt av allt, pumpen och så. Är det något annat ställe än i vedbon?"
"Näe, det är den där hydroforen som jag kopplar ur strömmen till men…"
"Jag förstår, men det finns en ratt här bredvid som är blå och märkt med nio bar, den har jag vridit av så att trycket blir lite lägre."
"Okej, men vredet till hydroforen då? Jag var lite osäker på hur det skulle stå."
"Ja, det öppnade jag också. Sedan är det en likadan ratt inne på varmvattenberedaren, den är också märkt med nio bar och när ni ska dra i gång sedan måste ni vrida på båda så att de klickar till."
"Okej, jag skriver…"
"Annars ska det väl klara sig i år om det gjorde det förra året."
"Ja, det får vi hoppas."
"Då säger vi så."
"Tack."

Jag läser på lappen som jag skrev och måste förvara på ett bra ställe tills våren kommer. Det borde jag klara, mindre än sex månader förhoppningsvis.

Blå ratt 9 bar vrid så det klickar
+ inne på varmvattenberedaren
Tungt

Hydrofor, tänker jag. Det låter som något farligt och obegripligt, men om jag använder det tillräckligt många gånger i samtal med folk som vet och ser till att använda det i bestämd form kanske jag kan oskadliggöra det. Kanske kan den då klara sig även över denna vinter. Om den blir mild.

Blicken

Det finns ett sätt att vika papperssvalor som gör att de håller sig svävande. Jag finner mig stående öga mot öga med en sådan svala. Den skjuter ut sitt bröst och vinklar huvudet när den möter min blick. I famnen håller jag ett papper som blir allt skrynkligare. Jag vågar inte försöka vika. Du visste hur man gjorde. Dina händer behärskade varje moment, men du hann inte visa mig. Det kan ha varit så att du försökte och började vika, men jag saknade tålamod att vänta tills du fick svalan att sväva. Bort från mig.

Stanna

"Gå inte", gnydde jag fram mellan värkarna.
"Nejdå, jag stannar nu för snart kommer ditt barn. Anne-Marie står redo att ta hand om barnet och jag hjälper dig. Bara andas och lyssna på kroppen."
Jag hörde ett metalliskt skrammel och skåpsluckor som öppnades. Två kvinnor log mot mig från sängens fotände. Stannade hos mig tills en kladdig kropp lyftes upp på min mage. Navelsträngen var för kort för att barnet skulle nå bröstet, jag var rädd att tappa taget och höll den varma, hala kroppen med spretande fingrar. Med huvudet lyft registrerade jag ett par skrynkliga blågrå händer, en stor glänsande mun och ögon som plirade mot ljuset.

Du svarade aldrig i telefon när mamma var hemma, men den här gången hann det bara gå fram två signaler innan jag fick berätta att det blev en pojke och att jag inte hade tagit någon bedövning. Klockan hade nyss passerat fem på morgonen när du sa orden:

"Då har du varit duktig."

Vi föds och vi dör och om vi har tur stannar någon kvar i rummet när det närmar sig. När sköterskan stod kvar vid din säng utan att ge fler injektioner förstod jag att det var nära. Hon ville inte att vi skulle vara ensamma. Tillsammans lyssnade vi på de sista andetagen.

Vila

Det händer att jag när solen plötsligt skiner på förmiddagen väntar med en kliande otålighet på att strålarna inte längre ska orka upp över trädtopparna. Låta mig få mörker. Som morgonen ett par dagar efter att du hade dött och jag gick upp och eldade. Satte mig med datorn framför kaminen och skrev medan värmen fick mina smalben att hetta. Jag tände ljus i alla ljusstakar jag kunde hitta, men hade svårt att förlika mig med stunden när morgonljuset hade tagit över och lågorna knappt längre syntes. Då är den blå timmen när skymningen sänker sig lättare att hantera. Jag kan få krypa in och stanna kvar i det förlåtande. När ingen kan ifrågasätta att jag somnar till i soffan. Låter mig sova.

Bära

Ögonblicken som jag vill tro förenar oss som fingertopparna på Michelangelos målning i taket på Sixtinska kapellet. Det är du som pysslar med dina planteringar och veden på Rombohöjden. Det är jag som tretton år gammal går förbi med mitt bohag för att slå mig ner i björkhagen under ett röd- och vitrandigt paraply på en filt som buktar av vitsipporna som fått böja sina nackar under min tyngd. Min undulat i buren där jag har tagit bort underredet så att han kan picka vitklöver och smaka på det ljusgröna gräset. Lövsångare och bofinkar som gjorde honom sällskap bland nyutslagna björkar. Jag kunde stanna där. Bo där och du kunde komma förbi och inspektera din skog och dammen som det rinner en smal bäck ifrån. Inte mer än en fåra i jorden där marken blir blöt.

Jag passerar dig på vägen till dasset. När jag återvänder hjälper jag dig med att bära in veden du har huggit och jag är stolt över hur mycket jag kan bära i varje famn. Du vågar hålla handen på vedträet medan du hugger när det inte vill balansera av sig själv, men instruerar mig att absolut inte göra som du. Det är livsfarligt. Du är starkast och modigast i världen.

"Min pappa!" vill jag skrika när jag första gången efter din död kör till landet. Det är en kall vår och de som tog över huset på Rombohöjden är inte där.

"Vad har ni gjort med min pappas hus?" värker det i mig. Jag hatar dem som tog över för att de inte har vett att uppskatta och förstå att skogen skulle stå kvar och granarna bädda in vardagsrummet i tryggt mörker. Det byggdes altan och den vackra bergslagskaminen ersattes med täljsten.

Granar och lärkträd avverkades och huset blottades, fönster ramades in med ockragula fönsterbågar. I en liten björk hängdes amplar och en gammal cykel placerades ut som ett stilleben. Blommor planterades i den rostiga cykelkorgen. En kuliss av det som alltid kommer att vara ditt hus. Och mitt. Jag lägger handen mot den skeva ladans vägg som lyser grön av alger. Önskar att den kunde rymmas i min ficka. Söker spår av dig men det enda jag känner igen är elskåpet.

När du och mamma hade sålt huset blev du sittande framför tysk tv på Dammvik och lät trädgårdslanden växa igen. Det hade ändå aldrig vuxit där som på Rombohöjden, måste ha varit något med jordens sammansättning eller att den inte var din egen från början.

Stugan på Rombohöjden blev ditt eget paradis på jorden. Stugan du köpte som låg bara någon kilometer från Dammvik och där du fick göra precis som du ville utan morfars vakande ande. Dit vi alltid återvände och där vi slutade gräla om att cykeln inte kommit in till förrådet inför natten. Jag kan inte minnas ett enda utbrott från dig på Rombo. Allt stillade sig. Du bjöd oss på kebab i Hällefors och på fredagskvällen delade du och mamma på en flaska vin. Jag satt på mitt rum och skrev listor på kändisar jag kunde tänka mig att bli ihop med. En sommar innan listorna skrevs skapade jag tidningen Hänt på landet där det fanns knep och knåp och roliga historier. Mamma och mormor var prenumeranter. Du skröt för grannen Bengt om att jag var redaktör för lokaltidningen.

En påsk när vi hade målat ägg tillsammans hela familjen fick du till så vackra färger på skalen att jag började spara på skärvorna och klistra mosaik av dem. Du log och lät mig hållas, men mumlade något om att det i alla fall var en billig hobby.

Tunna fönster

I morse när jag lämnade Zita på hunddagis var det första stycket efter halvåttanyheterna din musik. Den var pampig och energisk, tog plats och visste sitt värde. Jag gissade på Bach medan ögonen blev varma och rysningarna spred sig över armarna. Du myste i stolen bredvid och visste att jag hade fel. Det var Händels fyrverkerimusik selbstverständlich och jag missar alltid att placera både Händel och Haydn. Ståtlig som dina höga blombuketter med liljor och riddarsporrar. Mamma föredrar mindre, anspråkslösa buketter med skira sommarblommor. Det var något med ditt tyska arv som följde med in i hur du arrangerade buketter och mamma hade sällan hjärta att lägga sig i. Ni lät varandra vara och det var gott så. Kärleken till det genomtänkta och smakfulla hade ni gemensamt. Ni enades också oftast om vad som var kitsch, men du och jag var mer för det storslagna än mamma. "Slicht und einfach" var dock heller inte fel.

Jag minns när någon av dina bröder fyllde jämnt och ni skulle fira honom i Tyskland. Mamma köpte sig en storblommig klänning i turkos och cerise mot svart botten. Hon kände sig utklädd och du kände inte igen din fru. Ingen förstod hur mamma hade tänkt mer än att hon möjligen försökte klä sig som en piffig tysk hemmafru. Du var inte bra på att dölja vad du tänkte och frågade henne om hon skulle på karneval. Lång, svart kjol och en benvit blus med volanger var mer hennes stil. Med klackar blev ni jämnlånga. Du bar alltid svart kostym och vit skjorta.

Programledaren på Klassisk morgon konstaterade att måndagsmorgon kan behöva energin från Händels musikexplosion. Vi tycker om vardagen både du och jag. Att få våra stunder i bilen och vara på väg för att göra nytta. Du kör vidare till sjukhuset och jag svänger av hemåt igen för att skriva. Någonting händer i mig när jag återvänder ensam från hunddagiset och ser en pastellorange bil i samma nyans som den chokladöverdragna mandeln i Bridgeblandning. Det var din favorit i godispåsen och det fanns bara en eller två. Jag ser glasskålen på fot med lock och hör ljudet när du fyller den på fredagskvällen i stugan. Brasan i bergslagskaminen mullrar eftersom du alltid använder mycket tändvätska.

"Ingen ska frysa på landet."

"Nu räcker det med brasa", påpekar mamma leende och mina kinder blossar när termometern närmar sig trettio grader.

Innan jag parkerar hemma har jag även mött en ljusgrön bil och känt smaken av lakritspinnarna i godisskålen. De tyckte vi om både du och jag och extra gott blev det att stoppa in många i munnen samtidigt. Jag brukade gå och plocka godis under hela lördagen så att det framåt kvällen mest var chokladrussin kvar.

"Det verkar som om vi har möss i stugan. Jag förstår inte vart allt gott godis har tagit vägen?"

Sedan tog du fram Marabou helnöt och marshmallows och mums-mums till mamma. Om jag ändå kunde få återvända och vakna bara en enda morgon till där i din stuga. Till gnisslandet av vedspisen och doften av värmda Brötchen. Du och jag på gula pinnstolar innan mamma vaknade. Radion på låg volym och smöret som smälte och blandade sig med Tante Theas vinbärsgelé. Våren var på väg och fönsterrutorna var så tunna att fågelsången hördes in.

"Det ser ut att bli en fin dag idag."
"Mm."
Det är äntligen så tyst hemma att jag kan höra klockan ticka från högst uppe på bokhyllan där den har blivit liggande i väntan på en bra plats i köket.

Omsluten

Det finns en hålighet i mitt vänstra bröst och den är mörk som en livmoder på ultraljudsskärmen. Läkaren förklarar att nålen ska stickas in och vätskan sugas ut.

"Okej", säger jag. "Det går bra."

Jag tittar bort och tänker att det är samma bröst som du blev tvungen att sticka bedövningssprutor i för mer än trettio år sedan. Det var ditt initiativ att med hjälp av en kollega operera bort mina leverfläckar med sjukhusets nya laser. Lukten av bränt kött och förtvivlan i din blick när jag vred mig i smärtor på britsen. Jag andades in och kved. Det värkte och sved djupt in i köttet.

"Hon behöver mer bedövning", sa du.

"Då får du ge henne", sa din kollega som var upptagen med att sköta lasern.

Det var inte meningen att det skulle göra ont. Laser var en ganska ny teknik och den här maskinen var utvecklad för underlivsoperationer, inte för hudåkommor som missprydande leverfläckar. När jag kom hem hade du noga bandagerat mina fem brända kratrar. Det ingen av oss hade räknat med var min benägenhet att utveckla keloid i ärren. Knöliga, röda upphöjningar större än de bortbrända leverfläckarna. Några år senare, när jag gick på gymnasiet, fick jag besöka en plastikkirurg som skar bort och sydde ihop ärren. Sedan talade vi aldrig mer om detta. Du var spruträdd och ändå tvekade du aldrig när jag behövde skonas från smärtan.

När jag lämnar sjukhusets mammografimottagning tänker jag att svängdörrar måste vara ett sätt att få patienter och anhöriga att sakta in. Dörrarna segar sig fram med ett väsande. Samma ljud här som på sjukhuset du aldrig fick lämna. Svängdörrar provocerar mig med sin sävlighet.

Cystan punkteras
sluter sig om sitt mörker
vätskan kasseras

Ditt rum

Jag kommer aldrig ut från rummet på avdelningen, där du låg där du satt där jag låg och du. Du som envisades med att försöka resa dig själv.

Res dig inte mer, pappa, jag kommer. Jag kommer in i rummet där vi satt tysta. Där du försökte prata. I förundran över att du fortfarande levde.

Ångrade du dig? När du varit så bestämd att du inte ville mer. Det fanns inget utrymme för ånger.

"Går det inte utan syrgasen så går det inte, då vill jag inte mer", sa du.

En låga som av brinnande magnesium i mig. Jag uppmanar mina elever att inte titta rakt in, men blicken dras mot det skärande ljuset. Tänk om du hade önskat att jag skulle protestera. Övertala dig. För en gångs skull hittat orden. Nej, pappa, du får inte dö nu. Jag är inte färdig. Jag lovar att jag ska skriva en bok, men först måste du leva lite till. Snälla pappa. Stanna. Jag älskar dig och du älskar mig. Jag vet att du vet och vi vet men snälla, dö inte! Jag skadar mina ögon för din skull. Du kan inte dö nu.

Jag kommer att stanna hos dig och du måste inte skynda dig att dö. Ditt hjärta kan fortsätta slå och andas kan jag göra åt dig. Dina väntar, jag lovar och din mamma och tante Thea. Hon bakar nya tårtor varje dag, men de går att frysa in. Käsesahnetorte och Frankfurter Kranz. Det är inte bråttom. Jag behöver dig och mamma behöver någon att prata med. Att vara tyst tillsammans med. Vi vill inte att du ska dö nu.

Mammas ord i sjukhusets kafeteria:

"Något mer roligt kunde han väl få ha."

Du fyllde nyss åttio och det är ingen ålder för en gubbe nuförtiden. Jo du, kleine Mai, jag får ändå vara glad att jag blev så mycket som åttio. Det är inte alla som blir. Men du måste pappa. Bitte.

I mitt huvud tillåter jag mig att bli motsatsen till den dotter du såg framför dig. Mitt ansikte i profil. Blicken fästad på väggen strax ovanför dig. Väntan på att du skulle sluta ögonen. Mina anletsdrag var täckta av ett stelnat lakan. Gips som fick väven att krackelera. Ditt sista minne av mig. Bakom dina ögonlock fanns minnen av mammas solbrända hud och skratten i lägenheten på Ter Platen i Gent. De skimrande fiskarna du drog upp från piren i Cypern där jag lärde mig simma i kristallklart vatten. Din hand mot Dinas nacke när du sjunker allt längre ner i stolen framför bergslagskaminen i stugan.

Hade du tröstat mig om jag hade gett mig tillåtelse att gå sönder medan tid fanns. Insikten hade sprängt de sista av dina ännu fria blodkärl inifrån. Jag skonade dig från att inse vidden av din oförmåga. Skonade oss.

Den största rädslan är att du såg mig som likgiltig och att du tvivlade på min kärlek. Som jag tvivlade på din. Två stumma tvivlare mitt emot varandra. Gjorde jag rätt, pappa? Jag försökte. Du tog det allra sista andetaget när jag hade upprepat ditt mantra:

"Sånt är livet"

Vågar jag tolka det som ett tecken på att du förstod? De enda ord du använde som tröst. Försök förstå det, kleine Mai. Ingen har evigt liv.

Jag är inte dum, pappa. Jag vet, men jag ska skriva oss in i evigheten. Tills den gipsade väven tvättats ren och böljar för vinden. Fångar björkfrön och doft av bärnstensvatten.

Jag rör mig på centralstationen genom tunnlarna mot en fond av ljud. Sorlande susande röster som alla vill mig något, men jag måste vidare. Medan mörkret sänker sig vet jag att det finns en plats där det kommer att vara tyst och ett bord och en säng väntar på mig. Jag måste hålla mig i rörelse och inte stanna för att urskilja röster. Det är min tur nu att landa i något annat. Låsa upp en dörr och säkra den från insidan med en kedja. Fylla tomrum.

Det kommer ljud från andra lägenheter, men det är inget som rör mig. Inget som stör mig eller kommer åt mig. Det är bara jag nu, och de klickande ljuden från tangenterna. En rörelse från döden till livet. Det som var du och jag. Pappan jag hade. Hade hade. Jag vill ha. Min pappa. Kvar. Enda sättet är att skriva dig tillbaka till livet. Närvaron. På ett annat sätt nu.

Vad spelar allt för någon roll? Det som var. Det som inte kunde bli, trots att det inte borde ha varit så svårt. Det som spelar roll är att jag får vara tillsammans med dig. Igen och för alltid.

"Det kvittrar." Som du sa.

En av dina mer charmerande språkmissar. Det som inte var det vi önskade oss. Du måste ha känt det också. Att jag var närmare mamma och att något mellan dig och mig hade gått sönder. Det var byggt utan armering. Vittrad betong.

Ljuden från andra människor läcker in. Avlägsen trafik. Droppar och susande i rören. Varför kan jag inte bara få vara ifred. I en avstängd värld. Jag måste koncentrera mig för att du ska höra mig.

Det räcker inte att tända ljus. Du måste lita på mig också. Annars vissnar blommorna innan de hunnit slå ut. Jag tror fortfarande inte att du litar på att jag kan. Trots att det var jag som satt hos dig de sista timmarna. Valde att göra dig sällskap i tystnaden. För att orden var en omöjlighet. En sista fladdrande ängslan att göra fel.

Ett sugande illamående
ackompanjerar syrgasens väsande

Jag går in i rummet

Vägen till begravningen

Det är måndag och svart som natten när jag kör hunden till dagis. Det är första vardagen sedan du har dött och jag har bestämt mig för att arbeta. En bekant melodi strömmar från Klassisk morgon och jag vet att jag inte kommer att kunna minnas vad den heter innan den tar slut. Jag vet samtidigt att det är viktigt och skyndar mig att spela in med telefonen och skicka till min svärfar. Mina blinkers ackompanjerar tonerna och svaret dröjer inte länge. Det låter som Auf Flügeln des Gesanges, På sångens vingar av Mendelsohn. Samma stycke som jag har på mitt notställ hemma men då med rubriken Lied ohne Worte. Musiken får ta oss dit orden inte nådde. Det är det stycket jag ska spela på din begravning.

Jag snuddar ibland vid tanken att jag saknar veckorna omslutna av sorgens dimmor. När tröttheten tynger varje cell i kroppen som ändå rör sig framåt. Hur jag kommer hem och sätter mig och domnar bort i läsfåtöljen utan att läsa. Bara känner ryggstödet hålla mig bakifrån. Barnen åker pulka och låter mig somna. Jag beställer en svart klänning på nätet från en av klädkedjorna med affär på stan. När den kommer klär den mig inte alls och jag går till affären för att lämna tillbaka den och får hjälp att hitta en annan. Den är tråkig, vanlig och har inte det som jag vill kräva av en klänning värdig din begravning. Expediten övertygar mig att den är mycket klädsam. Schlicht und einfach, tänker jag och bestämmer mig för att den får duga. Jag drivs framåt av en slags seg effektivitet och känslan att inget spelar någon roll eftersom det värsta redan har hänt. En ny svart bh ska inhandlas och priset är egalt så länge den sitter bekvämt och passar till klänningen och att spela viola i. Klänningen är med in i provhytten och får beröm av ännu en expedit.

"Jag ska spela på en begravning i den", säger jag och höjer armen för att prova stråkrörelser, men undviker att berätta vems begravning det är.

Jag beställer noter till Auf Flügeln des Gesanges på nätet och när jag går till Akademibokhandeln väljer jag en dyr svart tuschpenna för att transkribera till altklav. Genom kollegor hittar jag en pensionerad kantor, Inga-Liz som kan tänka sig att öva med mig. Jag har inte spelat till ackompanjemang på många år, om ens någonsin. Vem är det jag försöker lura när jag ikläder mig solistens roll? Jag känner nervositeten rulla ihop sig till ett hårt nystan längst ner i magen. Första gången jag kör hem till henne är en fredag förmiddag och himlen är vit och stilla. Jag har med mig en chokladask från Lidl och en julros. Hennes hem är varmt med en luftvärmepump som susar i hallen. Böcker i höga bokhyllor, många målningar på väggarna och lampor i fönstren. Jag tar upp min kalla viola och låtsas att jag kan stämma den. Hon låter mig tro att jag vet vad jag gör. Sedan börjar hon spela på pianot och det är som ett vattenfall. Hennes händer glider över tangenterna och jag får koncentrera mig djupt för att inte komma av mig. Mot slutet av stycket stämmer mina noter inte ihop med ackompanjemanget och vi får flytta oss till köket för att reda ut det. Furubord som hemma hos dig och mamma. Hon gnolar och försöker minnas hur altklav hänger samman med g- och f-klav. Jag spelar korta strofer som studsar mellan köksskåpen.

Det är andra och sista gången jag besöker henne som jag minns bäst. Kanske för att det är mörkt eller för att jag vet att det är sista gången. Jag ska spela igenom stycket och även Nu tändas tusen juleljus för att se så det fungerar till pianoackompanjemang. Hon tackar så mycket för den goda chokladen och undrar var den är köpt.

"På min och pappas favoritaffär."

"Det är verkligen beundransvärt av dig att spela på din pappas begravning. Jag tror inte att jag hade klarat det."

"Jag har inget val, tror jag", svarar jag och tänker att det kanske ändå är en dum idé och något som jag inte kommer att klara av.

Jag övar hemma varje dag och tänker att jag får spela starkt, det ska höras hela vägen till dig var du nu än är. Jag övar på kvällarna nere i källaren och på helgen så fort barnen är ute med kompisar. Det är jag och musiken och stråken över strängarna. Axelstödet som inte sitter fast men som jag fäster med gummiband.

Dagen kommer och jag övar i kapprummet innan pianisten kommit. Jag ser din kista och den påminner om den vi valde samma dag som du hade dött, men jag förstår ingenting. Det kan inte vara du som ligger där. Den som kommer först är Bengt från Rombohöjden och jag känner först inte igen honom på grund av finkläderna.

"Det låter fint", säger han om mitt spelande. Jag hade gärna sluppit fler begravningsgäster.

Bengt, du och jag och min viola. Mamma hade kunnat vara med, Nora och barnen. I stället går jag in och träffar pianisten som heter Anna-Maria och har långt mörkt lockigt hår och är säkert tjugo år äldre än jag. Min dotter får öva på Nu tändas tusen juleljus och det märks att Anna-Maria är van vid barn för hon berättar att det är viktigt att öppna munnen när man sjunger och rikta sig ut mot dem som lyssnar.

"Gapa!" säger hon och min dotter gapar och sjunger från hjärtat med en röst som växer. Jag kan nästan inte lyssna, jag vill inte störa. Jag spelar så tyst jag kan och släpper fram hennes röst.

När det är min tur att öva tillåter jag mig att flyta i väg på pianistens ackompanjemang. Det kommer att bli bra. Jag är inte rädd. Jag kramar fiolens hals innan jag lutar den mot stolen bredvid min plats. Min dotter och jag går ut i kapprummet tillsammans och där möter jag pappas kollega Sven som jag kramar. Där kommer den första och enda gråten. Sven är sig alldeles för lik. Hans röst, och mammas kollega Marie-Louise, som också låter precis som när jag var barn. Varför är du inte där med oss, pappa. Något är fel. Begravningsförrättaren håller sina anföranden och är förutsägbar och blodfattig. Intetsägande, men hon har gjort sitt jobb. Vi har fått läsa vad hon hade tänkt att säga i förväg. Vi vill inte bli överraskade.

Sedan blir det min tur att spela och jag går mot flygeln och tänker att det är nu, pappa, nu eller aldrig. Min chans att spela och lägga in all min kärlek i musiken. Efter ett par takter rasar något i golvet med en hög smäll. Jag kommer av mig. Alla vänder sig om för att försöka se var ljudet kommer ifrån. Jag ser på pianisten och en blick är allt som krävs för att enas om att starta om på nytt. En allra sista chans. Jag bryr mig inte om något annat än att dra stråken över strängarna. Spelar som om det vore det sista jag gjorde.

Efter att jag har spelat gråter både min son och mamma, jag är tacksam att Jakob sitter närmast mig och att jag får hålla om honom. När vi går fram till kistan håller jag mamma under armen. Lämnar min iris. Blå och gul. En stel blomma. Varför inte en röd ros? Den största röda rosen. Den får mamma lämna.

Till kaffet gör jag misstaget att fråga min svärfar, musikläraren, om min insats.

"Hur tyckte du att jag spelade?"

"Ja, men det var väl några toner här och där som inte satt riktigt, men i stort var det fint."

Vad hade det kostat att påpeka något om känslan? Innerligheten och modet. Han väljer ärligheten och jag kommer aldrig bort från känslan av skam. Jag hade trott att jag kunde men nej, inte den här sista gången heller. Inte helt rent. Jag förmådde inte spela mitt yttersta, mitt bästa.

Sedan håller jag något slags spontant tal vid det tyska godisbordet och så kommer det sig att jag reciterar min lilla haiku som var alldeles för kort eftersom en haiku är just kort. Jag vet inte om gästerna förstår hur mycket av allt som var jag som låg i orden. Allt är över för fort. Ett litet bildspel med bilder på dig, mest från landet. Du och barnbarnen. Du och Dina. Skropen. Båten.

Gästerna går hem från minnesstunden och mamma och jag packar ner alla ljusstakar och vaser i plastbackar och släpar ut till bilen. Barnen åker hem tillsammans med Nora. Jag stannar ensam kvar hos mamma och sover över. Vi sitter och tittar igenom telegrammen som har kommit in till begravningsbyrån. Det var det. Du är fortfarande borta. Varken mer eller mindre.

Plantera och låta växa

Det var fars dag igår och inte har väl vi egentligen någonsin brytt oss särskilt mycket om den dagen, du och jag, pappa. I år är jag dum nog att publicera ett foto av dig på Facebook där du nyss har planterat en doftschersmin till Dinas minne. Från Dammviksboken härleder jag tillfället till den 8 juli 2019 och mamma fångade dig i ögonblicket då du precis hade tagit ett steg bakåt från busken. Din blick är fäst på en tömd påse naturgödsel och armarna en bit ut från kroppen. Luggen är så lång att den hänger ner över ditt högra ögonbryn. Tumme och pekfinger på högerhanden nuddar varandra, men vänsterhanden är öppen och fingertopparna jordiga. I byxfickan skymtar konturerna av en rektangulär ask, det kan vara cigaretter. En dryg månad senare ska du fylla åttio och bjuda på kräftor, då kommer min dotter se dig smygröka bakom stugan. Munnen är lätt öppen och hakan täckt av ljusgrå skäggstubb. Hundkex eller kirskål blommar bakom dig och intill den nyplanterade busken står den schersminbuske som en gång köpts till Dinas minne, men visade sig sakna doft. Nu har du rättat till misstaget.

Trots att det syns på hela din framåtlutande hållning att du inte mår bra är du noga med att gräva en tillräckligt djup grop och blanda fin jord med gödsel. Du har bara fyra och en halv månad kvar att leva när mamma tar det här kortet. Det lite för långa håret är precis som mamma tyckte om det, då kom lockarna fram.

Vi brukade inte bry oss om fars dag tänker jag, men innerst inne tror jag att du brydde dig mer än någon av oss någonsin erkände. Kanske var det anledningen till att jag ville publicera fotot och tänkte att det skulle kännas bra. När kvällen kommer räknar jag in tolv tummar upp och lika många som scrollat till "bryr sig om" och sju som älskar och visar det med ett hjärta. En kommentar sticker ut och det är från min äldsta kusin Gabriele i Tyskland. Hon har kostat på sig en ledsen GIF-emoji som släpper en blå tår och sänker ögonlocken. Jag orkar inte kommentera kommentaren. Jag åker till Lidl och köper tyska pepparkakor och fyra olika Rittersport chokladkakor. Valnötter för att det var dina favoritnötter och tulpanlökar för halva priset. Ser att de har påskservetter på rea och tänker att det hade du tyckt om och kommenterat:

"Osterhase har blivit gaggig och sprungit till Eskilstuna."

Sedan hade du handlat på dig ett litet lager inför kommande påsk. Jag vill köpa rosor på Lidl, men för ovanlighetens skull finns bara orkidéer som får mig att tänka på sjukhusreceptioner. Det finns också blandade suckulenter i små hinkar. Du hade köpt varsin till mina barn. Jag hör mig själv flämta av njutning när tänderna sjunker genom den glaserade ytan på pepparkakorna. Sedan äter jag upp Rittersport pepparmint samtidigt som jag gråter varma tårar. Jag undrar vad jag håller på med. När jag ska lämna dig och mig och ta mig vidare? Det är två år sedan du dog. Ska jag gräva mig ner i vår relation resten av mitt liv? Kommer jag någonsin att nå försoning?

Ett litet barn

Den första advent idag och imorgon är det två år sedan du dog. Jag får övertidsvarning på Tranströmers "Minnena ser mig" och varje cell i kroppen känns tung. Fysiska minnen av sorgens bly. Året du dog kom första advent några dagar senare än i år och sammanföll med min sons tioårsdag. Passerade som i en dimma. Obegripligt och uppblött i konturerna. Förra året besökte jag mamma på årsdagen av din död. Minns inte vad vi gjorde, försökte tänka på annat, men med vördnad. Imorgon är jag ledig och ska skriva. Jo, men jag behöver skriva idag. Om drömmen som drömdes i veckan. Att jag födde en liten flicka och höll henne hårt mot bröstet under tröjan. Sedan var hon plötsligt borta och jag sökte i fickor och under täcken medan brösten svällde av mjölk. Googlade efter svar om fem dagar är för lång tid för mjölken att sina, om det kunde finnas hopp.

Tänk att det föddes en liten flicka den 29 november just av alla dagar och tänk att jag inte kunna hålla kvar henne i livet. Jag sökte genom natten, men återfann henne aldrig. Hon var inte större än en utbuktning strax under mina bröst. Kunde rymmas i en morgonrocksficka. På morgonen hängde drömmen kvar så starkt att pulsen hamrade i halsen när jag kände konturerna av något i fickan på morgonrocken. Det var ett par lila yllesockor.

Hur efterlyser man ett barn som ryms i en ficka? Som föddes utan att någon visste.

Paus

"Varför lämnar du alltid Zita?" Min dotter funderar en morgon över att jag är snabb med att ta på mig uppdraget att köra hunden till dagis.

"För jag behöver tänka på saker som jag måste komma ihåg. Då gör jag det i bilen."

Att det är du som gör mig sällskap säger jag inte. Det får räcka så.

Två brev

Gösta var en man med stor integritet som behövde mycket övertalning för att flytta in till en lägenhet i Hällefors på vintern. Han hade halkat en dag i backen ner från Kviddberget och brutit lårbenshalsen när han skulle hämta tidningen. En granne hade sett spår i snön efter honom när han med en dåres envishet hade släpat sig upp till stugan där han hittades nedkyld och skickades till sjukhus. Det var inne i Hällefors som han något år senare blev påkörd vid ett övergångsställe på väg till affären. Jag kan ha varit sju eller åtta år när jag fick höra talas om olyckan och föraren som smet. Mamma och du spekulerade i att det inte var lätt för en man uppvuxen på landet att flytta in till stan, hörseln var dålig och rörelserna långsamma.

"Stackars Gösta", sa du, mamma och mormor. Jag såg den store starke mannen framför mig varje gång jag passerade övergångsstället. Han trivdes aldrig i lägenheten och när han fick magsmärtor sökte han inte läkare i första taget. En granne från Hjulsjö berättade efteråt för dig hur sjuk han hade varit och sedan blev det för sent. Du arbetade som gynekolog vid Lindesbergs lasarett där Gösta avled av magcancer 1985.

"Jag kunde åtminstone ha gått upp till avdelningen och sagt hej, om jag bara hade vetat", hörde jag dig återkomma till under flera år efter Göstas död. Din vän låg och dog ensam i samma hus som du arbetade. Tystnaden mellan er tog sig nya uttryck.

"Schade", suckade du och tänkte att Gösta förmodligen hade nekat besök, men att du önskade att du hade vetat och kunnat framföra en hälsning.

Mamma berättar för mig att ni gick och ringde på hans lägenhet ibland när ni ändå var i Hällefors för att handla, men Gösta var aldrig hemma, eller så var han inte sugen på besök. Du fortsatte att skicka dina julpaket och jag tänker att du måste ha sett framför dig hur Gösta gladde sig åt dessa ännu mer i lägenhetens tystnad.

Du ägnade timmar i internets ungdom åt att googla efter personer med samma efternamn som vi spridda över världen. Jag tänker att din riktiga släkting var en rödlätt stark man som tog sig namnet Ödestig och fick en yngre bror med samma namn. Gunnar Danelius Ödestig som gifte sig och fick tre döttrar varav den yngsta ännu är i livet. Tack vare hennes tre förnamn hittar jag hennes namn som gift. En adress och lägenhetsnummer och det finns inget annat jag kan göra än att kontakta henne.

Jo, det är så att jag skriver en bok om min far och han var god vän med din farbror Gösta Valdemar. Visst minns du honom? Du var 35 år när han dog. Säg att du minns att han var vän med en doktor från Tyskland som tänkte på honom varje jul. Ingen gjorde så vackra paket som min pappa, men nu är han också död. Din farbror sägs ha varit förälskad i min mormor, men levde sitt liv ensam på Kviddberget. Jag hittade dina föräldrars bröllopsfoto på nätet och din far liknar Gösta som jag minns honom. Du måste minnas. Säg att du gör det. Min mamma och hennes lillebror gick genom skogen uppför berget till gården hos tant Fisk, din farmor och hämtade mjölk. De fick skramla med mjölkkannorna för att skrämma i väg korna. Varför står stugan och förfaller nu? Var det du eller någon av dina systrar som köpte gummibåten till Gösta? Visste ni att han inte kunde simma? Han fick en bil av mina föräldrar, en vit Volkvagnsbubbla och den finns kvar i en rasad lada, men håller på att ätas upp av skogen. Vill du träffa mig? Säg att vi kan träffas och prata. Jag behöver en tråd att hålla i. Jag har en mängd släktingar i Tyskland som jag inte förstår, men Gösta. Det är för min pappas skull. Visst kan vi ses?

Det jag verkligen skrev:
> Du känner inte mig, men min pappa kände din farbror Gösta Ödestig och jag minns hur mycket min pappa, mamma och mormor tyckte om Gösta. Vi har ett torp vid Skropen och promenader och fisketurer till Kviddtjärn var en del av min barndom. Jag heter Maria Bollen Helstad och skriver på en bok om min pappa Norberts liv. Om du vill skulle jag så gärna vilja få kontakt med dig för att fråga lite om Göstas liv. Min pappa gick på hans begravning 1985 och träffade där din far Gunnar. Pappa arbetade i Lindesberg som gynekolog under den tiden och sörjde att han inte fick veta hur sjuk Gösta var så att han hade kunnat hälsa på honom. Min mormor Birgit Björklund (f. Hallberg) fick en gång ett slagbord av Gösta som han bar på ryggen genom skogen.

Ett svar

Jag måste kämpa för att hålla mig vaken och gäspar så att ögonen tåras och texten flyter samman på skärmen. Gårdagen var fylld av tjära som sipprade ur porerna. En allt förgörande stinkande frustration över uteblivna svar. Störningsmoment i form av skall och barn som ropade. "Lass das sein, kleine Mai." hör jag dig muttra. "Vad ska du med honom till?"

En yngre kollega som du arbetade nära i många år och den som valde att säga några ord om dig på minnesstunden. Jag ser honom framför mig i beige rock, tunnhårig med tröjan stramande över magen. Det var inte svårt att hitta honom på Facebook. Jag skrev på Messenger och när jag såg att han hade läst skickade jag en vänförfrågan som accepterades omgående. Jag var på jobbet och kände mig sedd. Sedan tystnad. När ett par veckor hade gått skrev jag tre konkreta frågor och det dröjde några timmar innan jag kunde se att även de hade blivit lästa, men sedan åter tystnad.

Jag har en bild av hur ni fungerade som arbetskamrater, han pratade och du lyssnade. Jag har minnen av att du klagade på att han ofta var borta från jobbet på grund av olika krämpor eller vård av barn. Mamma har berättat att det var hans förtjänst att du till sist kom till en läkare när du hade giftstruma som hade gått så långt att ena ögat hade börjat stå ut. Jag hade velat fråga honom om det och hur du var som chef. Det var inte ditt primära fokus skulle han ha kunnat svara, det var något liknande som uttrycktes vid minnesstunden. Patienterna var alltid i centrum och administrationen kom långt efter. Konflikträdd tänker jag och känner igen mig. Mån om att göra rätt och helst bli älskad av alla. Enligt mamma liknade kollegan dig någon gång vid tjuren Ferdinand och i så fall var stugan din korkek. Jag överväger att ta bort din kollega som vän på Facebook igen och minns din långsinthet när du berättade att han var en sådan som föreslog presentinköp, men sedan själv glömde bidra. Vad vet jag om hans liv nu, vad visste han egentligen om dig? Jag måste försöka låta det vara.

Samtidigt är det bilder från ditt yrkesliv jag tänker att jag skulle behöva, du tillbringade så mycket mer tid där än hemma. När du hade fått din efterlängtade pension fortsatte du att arbeta extra eftersom du inte kunde säga nej när de ringde. Varje gång var de digitala journalsystemen ett stort problem och ingen fanns att fråga när det krånglade. Du kom hem och var helt utarbetad och på dåligt humör, sa: Aldrig mer, och ändå dröjde det bara veckor till nästa gång. Det var oemotståndligt att vara så behövd. Jag behöver dig nu. Jag insåg det alldeles för sent.

Samma dag som jag hittade din jovialiske kollega på Facebook fick jag svar från Göstas brorsdotter som ringde upp och presenterade sig försiktigt med ett namn som jag under några sekunder hade svårt att placera. Ett förnamn som en sagoprinsessa och efternamnet var inte längre Ödestig. Rösten mjuk och vänlig med en lätt klang av ålder. Jag berättade att mamma hade sagt att Gösta nog varit förälskad i min mormor. Hon svarade:

"Ja, men det kunde han väl få vara." Det var kärlek i hennes röst.

Det var bara hennes pappa, Göstas yngre bror, och Gösta som hade tagit sig namnen Ödestig i stället för Fisk. Orsaken var att de hade blivit så retade i skolan och blivit kallade både mört och gädda. Gösta hade mot slutet av sin mammas liv blivit osams med sin bror på grund av hur modern togs om hand av honom och hans familj. Det hade slutat med att de inte talade med varandra på över tio år.

"Han kunde vara ganska åsnelik, men han var väldigt snäll."

I början av sjuttiotalet blev de sedan sams igen, men ingen av dem var särskilt lättpratade, enligt brorsdottern.

Det var du och Gösta som inte glömde oförrätter. I periferin flaxar kollegans vita rock i vinden. På väg mot nya patienter. Jag lämnar dig och Gösta på Kviddberget där ni kan njuta av tystnaden över tjärnen.

Återtagen

En helg i augusti reste jag till stugan med mamma och hundarna för att sitta i en stol och lyssna på vinden som om jag mindes att den hade något att säga mig. Jag tog mig upp till Göstas stuga trots att vägen var igenvuxen med kanadensiskt gullris och aspsly som räckte mig till bröstet. På ytterdörren höll brädorna på att lossna och när jag kände på den var den olåst. Jag kom in i en tambur med slängt virke, gamla verktyg och trasiga kartonger. Efter att ha öppnat ännu en dörr stod jag i köket där vedspisen var sig lik, målningen Grindslanten över pinnsoffan likaså. Trasiga getingbon och spindelnät. På soffbordet låg en Kalle Anka-tidning från 1995 och då hade Gösta redan varit död i tio år. Spår av en familj som var främmande för mig.

Jag lämnade huset och tog mig upp till ladorna bakom. Där föll min blick på ett ljust biltak. Din och mammas första bil såg sömnig och aningen förvånad ut med sina trasiga framlyktor. Mossa rann ur hålorna där lyktorna en gång suttit. Det växte björksly och granplantor från motorhuven och dörren hängde i det övre gångjärnet. Bjälkar och tegelpannor från ladan hade rasat ner och krossat vindrutan. Gösta hade varit så nöjd över att få ta hand om er bil och sagt till dig:

"Då kan de få något att undra över när jag är borta en dag."

Jag står vid bilen och önskar att jag kunde kliva in men det är omöjligt. Det känns som om det borde finnas spår av dig och Gösta kvar i sätet. I stället myror och torra grenar. Sidofönstret är öppet och vinklat, redo för att en arm med cigarett ska stickas ut under färd. Du tog körkort i Belgien med mammas hjälp och körde sedan en premiärtur till Lille i Frankrike med den här bilen.

På hemvägen stannade jag till där grusvägen nådde fram till sjön och sökte i diket efter darrgräs som mormor och jag brukade plocka och torka. Hängen formade som halmhjärtan på vågiga skaft. Hittade några strån och lyfte blicken mot den stora björken där tre sorgmantlar svärmade. En av dem satte sig en stund och fällde ut sina vingar för att jag skulle hinna se dem skimra i sammetsbrunt med klarblå droppar innanför de vita vingeskanterna. Det surrade till i min mobil av ett sms från mamma. Hon hade nyss passerat björken men valt att vända hem igen. Backen upp till Göstas hus var för brant för henne. En bild på björken med samma fjärilar kom upp på skärmen.

> Sorgmantlar väntar
> tills vi båda passerar
> visar oss livet

Dröm III

Tänker att drömmarna är allt som återstår när jag har försökt att sätta ord på det som verkligen hände. Drömmarna är en slags iscensättning av det som borde ha hänt. I natt var vi tillsammans på Öland i den hyrda stugan. Alla barn var med och min vän Hannas hela familj och hennes gamla föräldrar. Vi skulle iväg ut när solen plötsligt sken, efter flera dagar med sämre väder. Det blev trångt och rörigt i hallen med mammor och barn som stimmade och letade efter badlakan och simglasögon. Du höll dig undan och sa att du skulle komma senare. Vi blev ensamma kvar i köket och plockade i diskmaskinen tillsammans. Något som jag brukar avsky att göra eftersom allt ändå inte får plats och jag aldrig minns hur jag bäst ska placera de djupa tallrikarna och glasen på fot. Du visade oändligt tålamod med att placera besticken rätt i skårorna. Vi stod där sida vid sida och du hade ett randigt förkläde på dig som alltid när du lagade mat. Du var på gott humör trots att du visste att du snart skulle dö. Alla visste och vi reste tillsammans just därför. Men det var inte för sent. Inte för någonting. Inte ens för sent att visa sina omsorger om disken.

Beslut

Jag klipper gräset på Dammvik och drar den tunga motorgräsklipparen över trädrötterna och mossan. Som förvedade ådror slingrar de sig under mig och jag tänker på hur nära det var att infarkten tog ditt liv. Här pulserar ännu minnen från generationer och jag vill stanna motorn och lägga kinden mot marken och vila. Det var inte hjärtat som slutade slå utan luften i dina lungor som inte längre kunde bytas ut. Det var på hösten 2018 som läkarna först satte in pacemaker och veckan efter vidgades den stora kroppspulsådern. Aortablock och operationen genomfördes utan narkos. Efter att den första stenten placerats lossnade en bit plack från ett annat kärl och infarkten var ett faktum. Smärtan och paniken beskrev du efteråt som det värsta du någonsin hade varit med om. Personalen kämpade för att hålla dig lugn och tryckte masken mot ditt ansikte. Du var stark och kämpade emot. Ditt hjärta var på väg att stänga ner. Du blev flyttad till thorax-IVA och satt på vätskedrivande.

"Din man är allvarligt sjuk", sa läkaren till mamma.

"Det var inte så här det skulle bli", sa mamma till mig.

Är det nu pappa dör, tänkte jag och minns ekarna på höjden där jag gick med hunden. Efter den natten flyttades du tillbaka till vårdavdelningen och jag besökte dig tillsammans med mamma. Du vägrade ligga ner. Det var lättare att andas när du satt upp, men syrgasen tyckte du var onödig. Det tyckte inte sjuksköterskorna. Jag klappade dig tafatt på armen och sa:

"Jag hörde att det var en hemsk operation."

Du berättade med många fler ord än du brukade och avslutade med att det inte får gå till på det sättet. Att du hellre hade dött och att de hade gjort dig illa när de pressade ner dig mot britsen. Du kunde inte förstå vad som hade hänt, men nu mådde du bättre.

"Det var nära ögat", konstaterade du med blicken ner i golvet.

När mamma och jag var ensamma på väg från sjukhuset sa hon att det verkade som att du hade fått en panikångestattack under operationen. Hon hade föreslagit det som en möjlig förklaring för dig och för en gångs skull hade du inte protesterat. Du hade överlevt. Jag tror att du inte var redo. Jag tror att du inte tänkte acceptera något annat än att jag skulle få vara hos dig det sista dygnet. Du ville själv få besluta när det var dags. Det var vad kampen på operationsbordet handlade om.

Planer

Du sitter tungt på ett av Drottninggatans betonglejon. Ni har varit på ambassaden för att ordna med ditt pass inför resan till Tyskland i december. Det är augusti 2019. Vi ska fira ditt och mammas guldbröllop i mellandagarna tillsammans med dina syskon. Solen skiner på ditt vita hår och vinden gör att det böjer sig uppåt och står ut på sidan. Du är välklädd med skjorta under en grå ullpullover, men det är något med din hållning och hur fötterna nuddar marken som får mig att inse hur tung denna resa är. Det hjälper inte att du har på dig mockajackan i nyansen bränd henna som du köpte i Rom för tio år sedan. Mungiporna går ner. Kanske är du irriterad över att mamma vill fotografera dig. Den ena handens pekfinger kliar på den andra handen. Jag ser dig sitta. Inte gå. Du orkade inte, men ändå planerade du den resan. Att visa mina barn din hemstad. Att fira tillsammans som vi gjorde när Onkel Wiro och Tante Ria bjöd till Goldhochzeit. Det syns på din hållning att du tvekade. Hur kunde det bli för sent för dig och mamma? Knappt en månad innan er femtioåriga bröllopsdag fanns du inte mer.

Jag stryker med fingrarna över räfflorna i lejonets man. Betong eller sand. Du satt där för att du inte orkade mer. Lika tung som några månader senare på sjukhussängen. Vatten som är i ständig rörelse och målar vågmönster i sanden. Ett par dagar innan dina sista andetag bad vi om ett läkarintyg för att kunna avboka resan. Läkaren skrev att du var livshotande sjuk. När jag sedan orkade skicka in till flygbolaget några veckor senare och be om pengarna tillbaka fick jag mejl med kommentaren att det behövdes en medicinsk diagnos.

Död. Han dog. Resan var för att fira honom. Då beklagades sorgen i vändande mejl och jag bifogade dödsattesten.

> Genomgjuten stum
> låter världen passera
> rörelsen stelnad

Vår musik

Det finns något i mitt bröst som strömmar likt toner från en bäck. En källa där vattnet aldrig sinar. Det är musik som bara du och jag känner den. Den släcker törsten och tassar mjukt med nakna fötter på mossa in mellan träden. Den ger värme när vi fryser och svalka när solen står som högst. Men det händer att enstaka ord eller minnen får bruset att dåna. Att jag stelnar och fryser som du, vid insikten om att allt jag gör är förfärligt fel. Insikten faller genom kroppen som en istapp när den släpper taget.

Jag vill, men jag kan inte göra rätt. Precis som du, pappa. Det blir inte som jag avser och jag kommer att stå där och skämmas en dag. Jag skäms redan. Att jag inte lyckas sätta gränser för mina barn. Säga nej och stå fast. Det borde inte vara så svårt, men jag är redan misslyckad. Som förälder och dotter. Jag ville, men kunde inte.

Nog var det så även för dig, att du insåg hur fel du var som förälder? Att oförmågan kan gå i arv, det är en känsla som får vattnet i källan att frysa på ett ögonblick och kristallerna spränga sig upp genom ryggkotorna till nacken och skallbasen. Att misslyckas framför öppen ridå. Granarna viker undan och där sitter jag blottad. Du står vid min sida bara ett par meter ifrån. Ingen av oss har lyckats med det viktigaste i livet, men vi har försökt så mycket vi förmådde. Det ska mina barn minnas den dag jag inte längre finns. Jag är inte ensam. Det är vi, pappa.

Tillsammans i bilen

Jag kör till jobbet och P2 Klassisk Morgon håller mig som vanligt sällskap. Det är februari 2020, men du skymtar på passagerarsätet. Rör händerna i luften och jag vågar inte prata för att skrämma i väg dig, utan lutar mig långsamt mot din axel. Tippar ner mitt huvud i ditt knä. Blundar när jag låter dig gripa efter ratten. Överlämnad. Du kör nu och håller om mig. Med ena armen sträckt över växelspaken. Den andra stilla och lätt böjd över mitt huvud. Orden jag omöjligt kunde finna. Som en mur täckt med rimfrost. Isande gnistrande granit. De fanns där inristade men omöjliga att ge liv. Det var ändå inte troligt att du faktiskt skulle dö. En tanke omöjlig att tänka trots att jag försökte. Tystnad var det enda tänkbara alternativet. Av respekt för dig. Hänsynsfullhet.

Tyst var du. Tyst blev jag.

Men jag kan inte förstå. Jag kan inte acceptera att jag inte bara lutade huvudet mot ditt bröst medan hjärtat ännu slog. Du orkade inte lyfta handen. Jag var rädd för din lukt. Gammal man. Det sista minnet. Doftmolekyler strömmande mellan din kropp och min. Men ändå. Det hade jag kunnat göra. Fälla ner metallgrinden till sängen och lägga mitt huvud mot ditt bröst. Den molande rädslan att göra något obekvämt. I stället:

Du är död. Dödens död och på väg att kallna. Först nu blir jag stående med handen mot ditt bröst. Stort hjärta. Täcket var uppdraget. Vita skjortan på. Hjälpligt rakad.

död

Då lutar jag mig äntligen ner över dig. Mitt huvud tynger på ditt bröst och jag sitter på stolen. Famlar efter din hand.

Lyfter den mot mitt huvud och låter den ligga. Så. Den är ännu varm och fingertopparna lena. Så ja, pappa. Jag är här nu.

Med andra ord

Rosenskärorna som jag drev upp i vårt skrangliga växthus i våras sträcker sig nu över staketet. Det är försommar och du har varit död i ett och ett halvt år. Blommorna är vita med rosa kanter, djupt cerisefärgade och helvita som dina älskade pioner. Bladverken påminner om dina sparrisplantor som växte på husets framsida. De skulle växa i tre år och sedan skördas trodde jag. Det var så mamma berättade att du hade sagt. Du var stolt över hur kraftiga de växte sig och vajade under köksfönstret. Jag visste att du älskade sparris och talade om vilken delikatess de tyska sorterna var med smält smör och flingsalt. Spargel lät som Spargeld tyckte jag och nog sparade du dina plantor som vore de pengar på ett konto och jag tyckte det var underligt att du inte skördade för att äta trots att åren gick. När jag frågade mamma häromdagen sa hon att de nog mest hade varit till prydnad. Som drömmen om flydda smaker. Drömmen om att återskapa din mammas utsökta brynta stjälkar. När jag och barnen beundrade våra rosenskäror häromdagen hörde jag din röst och dina ord blev mina:

"Fem kronor titten!"

Barnen förstod inte alls vad jag menade.

"Pappa brukade säga så om sin sparris som han var så stolt över. Eller vad som helst egentligen som han hade lyckats fixa och ville visa upp."

Barnen går in och jag hör dig vid middagsbordet en fredagskväll i stugan.

"Åh, det här smakar som om Carl-Jan hade lagat det i Grythyttan. Undrar vem kocken är?"

"Ja, pappa, det var verkligen jättegott. Det godaste jag någonsin har ätit."

Skir grönska bländar
smeker fingrar fjäderlätt
minnen som odlas

Nattgäst

Du var på läkarkongress i Uppsala och skulle övernatta hos mig i min lilla etta med kokvrå och sovalkov. En ovan situation för både dig och mig. Det var två år sedan jag hade flyttat hemifrån. När vi skulle gå ut och äta på kvällen valde du Clock framför Mc Donalds eftersom det alltid var mindre folk där. Vi åt inte ofta ute tillsammans och jag var visserligen tjugo men kunde fortfarande bli stressad av att beställa mat med alla valmöjligheter. Efter att ha studerat bilderna ovanför kassorna bestämde du dig snabbt för ett hamburgermål och jag tog samma, för jag ville inte krångla till det. Du skojade med kassörskan om att priset var som hittat. Jag tänkte att det märktes att du var nervös. Det var tonläget och skämtandet som avslöjade dig. När hamburgarna kom och vi prasslade bort papperet lyfte du blicken mot de upplysta bilderna och höll upp burgaren framför dig.

"Nja, man kan inte tro det är samma."

Min besvikelse över maten växte i takt med tuggorna i min mun. Allt ansvar var mitt, du förtjänade något bättre. Men det fick inte kosta för mycket som på en finare restaurang eller vara lång kö. Hamburgare hade aldrig varit min typ av mat. När jag gick med kompisar till Mc Donalds brukade jag välja pommes frites och en äppelpaj. Clock hade sladdriga pommes frites. Det var något helt annat i Belgien med Fritten und Majo, lät du mig veta. Vi fortsatte att äta under tystnad. När vi kom hem till mig fick du ta sovalkoven och jag lade mig på en madrass nedanför. Jag låg vaken och lyssnade på dina snarkningar.

Dina andetag
vågor av skummande hav
sköljer över mig

Minnen av snö

Idag behöver jag tröstas och din bästa tröst var att ge mig godis, Süßigkeiten, Schokolade. En favorithistoria som du berättade var hur arg jag blev när en godisaffär var oväntat stängd och jag bankade med vantklädda händer på dörren. Krävde att den skulle öppnas. Jag kan inte sluta äta skärvor av pepparkakshuset. Kristyr, nonstop, bränt socker, damm och bomullsfibrer. Känner knappt någon smak men måste hela tiden ha mer. Jag blundar och när jag öppnar ögonen har snön bäddat in träd och gator.

Du skottar fram bilen för att kunna ta en tur till Lidl eller Weibulls för att köpa fågelmat. Gula rosor till mamma. Blå blommor var sällsynta hemma. Gula som korset i Sveriges flagga. Du hade kommit hem när du träffade mamma och flyttade till Sverige. Mitt hem är där du är. Du och mamma.

Jag tittar på all snö och tänker att jag aldrig mer kommer att få se dig skotta med bestämda tag. Det syntes att du njöt av mängden och i telefon med din bror berättade du hur höga drivorna var. Var är du nu? Jag hoppas att du skottar igen. Att du gör det med starka händer på skyffeln och att mamma står i fönstret och njuter av ljuden. Jag vill inte att mamma ska ha det så tyst i sitt liv nu. Jag vill inte tänka att du kanske bara ligger och andas i en säng. Att du har slutat andas i samma säng. Jag kan gå med på att du sitter nersjunken i skinnfåtöljen framför öppna spisen och slumrar till. Jag står inte ut med insikten att mamma behövde se när skinnmöblerna bars ut ur huset. Ensam stod hon där och försökte blunda. Soffbordet fick följa med till lägenheten och det är lika ostabilt fortfarande. Där brukade hon ställa de gula rosorna du köpte på Lidl när du ändå var ute och körde. Jag måste köpa gula rosor idag till mig själv och placera dem på vårt stadiga soffbord. Tända tusen ljus. Det är omöjligt att stanna kvar i tankarna på var du befinner dig nu. Ändå finns det ingen annanstans jag orkar ta mig.

    Närmar mig insikten att du bara är borta. Mitt ansikte ner mot snön tills pannan domnar.

Du hade en färg som du alltid återvände till
    Blå
    Blau
    klingar som spunnet socker
    fonden till sommarens moln
    längtans och drömmarnas färg

    Jag ser dig i pälsmössan
    du skottar med kraftiga tag
    min starke far

Tingen

Begravningen var den 18 december. I mellandagarna skickade vi lägenhetsannonser till varandra och bokade in visningar; mamma ville flytta så snabbt som möjligt. I januari vann hon budgivningen på en fräsch fyra, någon kilometer närmare stan än villan. Den stora rensningen började och jag minns min förtvivlan i garaget. Din plats med den kalla betonggolvslukten. Alla saker. Sparat virke. Bitar av heltäckningsmatta i möglande rullar. Schlafzimmer Eltern på en tapetrulle. Mammas och pappas sovrum. Föräldrar som flyttade in i huset 1980, från Tyskland med flickan som ville passa in trots sitt konstiga efternamn och snubblande fötter. Den flickan gjorde nu listor i huvudet på allt som skulle fixas i huset inför försäljningen.

I rummet som jag hade haft som tonåring stod ett praktiskt men fult jalusiskåp som mamma hade fått från sitt arbete. En av jalusierna hade fastnat men mamma var övertygad om att det skulle gå att ordna bara den tömdes på en del av sitt innehåll. Möbeln var tung och otymplig och vi insåg att den ändå skulle behöva skruvas isär för att kunna lämna huset via trappan. Mattricket användes frekvent och så även denna gång. Jag lyfte och mamma kilade in en trasmatta under benen på skåpet. Vi kunde rotera det och konstatera att baksidan var tejpad med silvertejp. Det stack ut gamla turistbroschyrer och högskolekataloger i glipan som ändå uppstått.

"Åh det var det värsta!" utbrast mamma. "Jag hade ingen aning om att det var sönder."

"Ska du verkligen ha med det till lägenheten?"

"Nej, jag ska väl inte det."

"Då måste vi bara tömma och sen få isär det."

Att skruva isär möbler hade jag gjort förut, men här fanns inga synliga skruvar. Det enda som syntes var skenorna där hyllorna suttit. Jag fotograferade och skickade bilder till min svåger.

"Hur i hela helvete är det tänkt att jag ska få isär detta?"

"Testa att slå inifrån med en stor hammare."

Jag slog och slog. Till sist släppte pluggarna. Jalusin som fastnat visade sig ha ätit upp Bamsetidningar från 1983. Mamma kom upp och sa mest för sig själv:

"Det var ett riktigt praktiskt skåp. På sin tid. Snyggt var det också."

Inga skruvar syntes ännu. Mamma kom med fler och fler verktyg och när en rasp av större modell sträcktes fram brast det för mig.

"Vad ska jag göra med den hade du tänkt?"

Mamma släppte trasmattorna som hon hämtat för att skydda golvet och jag damp ner på högen medan jag skrekskrattade:

"En rasp!"

Det var som om vi i samma ögonblick såg oss själva utifrån och föll ihop under adventsljusens sken med en hund som snodde runt benen och ylade över vårt udda beteende. Vi befann oss stående på ett slagfält av möbeldelar och barndomsminnen. Skrattet vällde upp från magen som värkte. Mammas tårar rann och jag skrattade så att jag grymtade och kippade efter andan. Vi rörde aldrig vid varandra och jag vände mig ner mot trasmattorna. Jag krälade på golvet med en hundnos som buffade mot min kind och slickade i örat.

"Jag orkar inte mer!"

Någonstans där måste mamma ha lämnat oss på golvet för jag minns hur den djupaste gråten började välla upp inom mig när jag blev ensam. Jag kunde inte visa henne den. Inte nu. Den var något helt annat än de stillsamt strilande tårarna på begravningen. En framvällande het källa från underjorden. En gråt som fick magen att fortsätta värka och till sist gjorde mig utmattad från insidan och ut i varje muskelfiber. Då såg jag dig stå i dörröppningen och skaka roat på huvudet åt alltihop. Jag vet att du tyckte om när mamma och jag fick de där skrattanfallen. Inte sällan var det din förtjänst. Möjligen även den här gången.

Alltid på plats

På hyllan till höger i hallförrådet direkt innanför dörren stod din lilla svarta ask. Där förvarades allt som behövdes för att skapa vackra paket och inbjudningskort. Lacksigill och lackstång. Röda sidenband och blågula. Urklippta gyllene kronor från ölburkar. Guld- och silverpennor. Det kändes som en högtidsstund när jag kom ner och såg dig sitta med ditt pyssel vid köksbordet. Ofta handlade det om julklappar eller presenter till dina fem syskon eller syskonbarn. Du kunde inte göra något slarvigt eller fult. Min pappa, minns jag att jag tänkte, han är egentligen konstnär. Att ärva asken känns som ett stort ansvar att förvalta. Mina fingrar är slarvigare och koncentrationen brister. Jag önskar att jag kunde som du. Nu är det min tur att lära mig göra fint på egen hand.

Asken är svart, rektangulär och av hårdplast med Kodak präglat i högra hörnet. Locket sitter fast med stabila gångjärn i bakre kanten så att det förblir uppställt när lådan har öppnats. Prioritaire A sitter klistrat på insidan och en liten fläck av guldfärg strax under. Du har skrivit Algot med en smal guldpenna på ovansidan. Asken hade sin bestämda plats i förrådet där vi förvarade konserver och plastpåsar. Jag kunde känna den utan att behöva tända lampan, men behövde alltid fråga dig innan jag tog fram den. Nu hittar jag fem små stumpar av paketlack och på en av dem sitter ännu prislappen kvar med den gamla konsumloggan och priset 3:70. Mormor talade om Domus, vad du kallade affären har jag ingen aning om. Två sigillstämplar och det är den mörkbruna med bokstaven M som jag minns mest. Du använde den som stolt far till mig. Den andra står det god jul på och den köpte du långt senare.

> Vad ryms i minnets svarta låda?
> svävar ännu i oändligheten
> väntar på att bli funnen
> Ser dina händer
> utan att blunda
> kan inte känna hudens värme
> aldrig mer
> röra mig
> hel
> igen

Ditt ansikte nära mitt i hallen när du ska hjälpa mig med dragkedjan. Röken från cigaretten stiger mot ansiktet och blandas med rakvattensdoft. Askpelaren växer när du suckar:
"Na"
Jag vrider bort huvudet och hör mamma ropa.
"Släck, bitte!'"
"Hör auf!"
Du lyckas till sist och jag säger ingenting om att sista rycket hugger mig i huden under hakan. Jag hoppar nerför trapporna och på ryggen skumpar min röda ryggsäck med nyckelpigor. Du brukar inte lämna mig på Kindergarten och jag skyndar mig in i bilen. Där tar minnet slut. Vi måste ha pratat med varandra även om jag inte kan minnas det. I Sverige sjöng du i bilen när vi svängde ut från Snöbärsvägen, oftast när vi var på väg till stugan eller för att handla. Det tyckte du mycket om. Röken kom i mitt ansikte i den smala hallen, men det är en av få bilder jag har av oss i ditt land.

Det finns foton som visar mig i ditt knä och din kind alldeles nära, men jag minns ingenting.

Du sitter i en soffa klädd med linnetyg och har ljuset i ögonen. Bakom dig är skuggan tydlig på den vita väggen. En ljusgrå yllepolo under hakan och ditt leende är försiktigt, men lika markant som gropen i hakan. Jag sitter snett framför och ser rakt på dig med handen mot din mage. Min skugga landar på den arm som du har lutat över soffans rygg. Mitt hår faller fram när jag rör mig. Kinden som är vänd mot kameran sträcks ut i ett leende. Jag vill ha din uppmärksamhet. Du ler mot något vid sidan av fotografen. Mellan våraylletröjor sprakar statisk elektricitet som blåskimrande spindelväv.

> När kristaller pressats samman till is
> och lager lagts till lager
> ska jag hålla mina vuxna händer
> mot bilden av dig
> tills mina fingrar domnar

Visst ser du mig nu
söker dig i varje moln
din doft i vinden

Vill minnas din röst
en sländas vinge frasar
berget minns, men tiger

Decemberblom

Det blir december två år efter din död och jag kommer dagarna innan på att jag vill skapa en adventskalender till mig själv med namn på växter. Dina växter och mina, en om dagen fram till julafton. Den första december följer jag min dotter till skolan när jag möter lärkträdet som dolde sig bakom första luckan.

Önskade mig en blomma
fick ett träd
ditt träd
med lena barr av guld
står det stilla och lyssnar
vid skolgårdens kant

2 december och i min adventskalender står det Rubus fruticosus – jag minns inte namnet på tyska men jag minns precis hur långsamt du rörde dig i vår trädgård och smakade på bären som du tyckte var för sura. Jag var stolt och ville visa växthuset med tomat och gurka. Vindruvsrankor och vildvuxna hallonsnår. Dignande plommonträd. En fluga surrar runt mig denna decembermorgon och förföljer mig in i badrummet när jag ska duscha. Må lyckans lilla fluga alltid surra i din stuga, skrev jag på en teckning till mormor och från den dagen och många år framåt benämnde du varenda fluga som irrat sig in i huset som mormors fluga. När jag har duschat klart minns jag – Brombeere och ser bilderna i en pixibok framför mig. Jag håller med dig om att björnbär ser godare ut än vad dom är.

3 december är det min sons tolfte födelsedag och dagens blomma är pärlhyacint. Minnen slår ut som klockorna längs stjälken om våren. Vi bär så mycket med oss. Vilar som ljusa knoppar tätt tryckta mot varandra. Väntar på ljuset.

4 december ser jag oss gå tillsammans mellan gruvhålen bakom Göstas stuga. På skuggig stenig mark runt den djupa Kviddtjärn blinkar de blått mot oss. Sträcker försynt sina ludna stjälkar och nickar lugnt mot vårsolen. Blomknopparna bildas året innan och ligger klara att slå ut när vårvärmen blir tillräcklig. Vi eldar ris tills kinderna bränner. Efter blomningen böjer blåsippan sina blomskaft mot marken. Tillväxten sker från en jordstam som kan bli flera hundra år gammal. Augusta Leontina Fisk och hennes son Gösta Ödestig, min mormor, min mor, far och jag. Alla kommer vi från samma stam.

5 december får mormors glasögon, teärenpris, mig att susa iväg i tanken till gräsmattorna under tvättlinan vid stugan. Där gick jag och letade efter en silverring som jag nyss hade fått på en marknad och tappat bara timmar senare. Jag var där med min klasskompis Katja och hon hade förstås kvar sin ring länge. Sedan kom hon in på läkarlinjen efter gymnasiet också när mina betyg inte räckte till. Min ring ligger nertrampad och begravd i jorden långt efter att tvättlinan har tagits ner. Ögontrösten vakar över ringen.

6 december står en syren i blom vid stugans knut. Den har knotiga grenar täckta av lavar och jag kommer inte känna doften för jag hinner inte fram. Vetskapen att syrenen ändå blommar bär mig genom regn och mörker. Jag kramar handtaget till min violalåda i tillförsikt och spelar igen. Varje steg mot vintergrus för mig närmare doften.

7 december undrar förgätmigej om jag skulle kunna glömma. I dikeskanten i höjd med kallkällan växer denna overkligt vackra bokmärkesblomma. Om jag fick välja endast en blomma att vila blicken på resten av mitt liv vore valet enkelt. Gyllene ring runt en ljus iris och stjälkar som suger vatten ur lerig jord.

8 december minns jag att det fanns en tid när jag inget annat ville än att lyckas pressa blåklockorna och bevara färgen. Jag saltade på de spröda blommorna och lade dem försiktigt mellan bladen i en telefonkatalog. Glömde bort och återfann vitnade skrynkliga förhoppningar sommaren efter. Som känslan av att vilja bevara ljuset i den blå skymningstimmen. Lika fåfängt försöka hålla fast det förgängliga.

9 december gick du och morfar över vägen in i Johanssons skog och grävde upp lupiner för att flytta till vår sida av vägen. Det här var generationer innan blomsterlupin blev omnämnd som en invasiv art. Jag lekte med de ludna fröskidorna. Matade dockor med fröna. Vecklade ut blommorna och gned in fingertopparna med det gula frömjölet. Bladen samlar dagg på sina utsträckta fingrar.

10 december när det är så mycket som måste ordnas och adventsljusen vinglar i en vissnande lingonkrans möts jag av daggkåpans lena blad. Det finns lika många arter i släktet Alchemilla som det finns ljusgröna stjärnformade blommor på en stjälk. Det enda daggkåporna måste göra är att vänta på gryningen och fånga markens fukt. Låta ytans spänning bli till silverdroppar som förångas när solens strålar värmer luften. Där vill jag följa med i droppornas dans.

11 december vill jag vara fläderbusken som vi alltid plockade de första blommorna ifrån. Låt mig vila mellan skivor av citron i sockerlag. Undrar om busken fick stå kvar på tomten

när huset såldes. Det tyska namnet är Holunder och jag hör värmen i din röst när du uttalar det. Jag somnar sent med klangen i öronen och ordspråket:
Där fläder ej vill gro, kan ingen människa bo.
12 december rullar krolliljans gammelrosa kronblad ihop sig och du var kung i stugan. Jag läser i virtuella floran om Lilium martagon:
Förr fanns den i många slottsträdgårdar och som torpare ansågs det fint att ha denna lilja i sin rabatt.
Du sökte upp den i skogarna bland gamla torpargrunder, grävde upp och flyttade med den hem till dig. Till ditt slott.

13 december kommer lucia med ljuset från en enda vit näckros bland alla gula. Du rodde mig dit och jag lutade mig över relingen och drog upp den till mormor. Hon lade den i en skål med vatten och det dröjde inte många timmar innan kronbladen slöt sig. Jag gör mig så liten att jag ryms där innanför.

>Fruktens väggar ruttnar
>alla rum runt mig faller
>vattnet svalkar min hud
>Jag håller andan och flyter
>himlen över mig
>djupen under
>förs fram av strömmarna
>tills mörkret
>sluter sig

14 december kommer humlan som har klätt sig i krinolin till bal och håller i lyktan som vi bar på Laternenfest. Humleblomster är en blomma vars skönhet och perfektion jag har svårt att ta in. Jag slås av insikten att jag inte har en aning om

vad du tyckte om den. Jag skulle vilja berätta för dig och höra dig svara någonstans från andra änden av skogen:
"Ja ja, kleine Mai."
15 december hör jag dig tydligt igen. Alldeles nära, när vårens första blommor spirar under ett tunt snötäcke. Krokus – du uttalar blommans namn på tyska med å, och o i stället för u, och säger att du är med mig hela tiden. Du vilade bara en stund medan den första snön föll genom natten.

16 december sträcker du på dig lika stolt som en solros och vrider ansiktet mot solen när du tar en paus i grävandet av trädgårdslandet. Varför såg jag inte ljuset då, pappa? Din varsamhet om allt levande. Hur du matade fåglarna med hemmagjorda talgbollar. Jag ser dig nu, pappa, jag ser!

17 december böljar björkhagen av vitsippor och allt jag för evigt kommer att förknippa denna blomma med är våren när jag flyttade ut i skogen. Jag bredde ut ett sovsäckstäcke mellan björkarna i hagen. Min undulat var med i sin bur och skyddades mot solen av ett rödvitrandigt paraply. Jag låg på mage och sparkade med benen i luften när jag läste Starlet. Fåglarna pratade med undulaten och jag var inte längre bort än att jag kunde höra hur du högg ved. En hågkomst lika självklar i sin skönhet som klangen av Anemone nemorosa.

18 december går jag på grusvägen från Dammvik och när jag svänger upp mot Gösta, i diket till vänster, växer det magiska gräset. Jag längtar tillbaka till tiden som var innan mormor lärde mig gräsets namn. Hjärtan skälver på ax tunna som hårstrån. Rötter vilar under snön. Briza media.

19 december möter mig en insmickrande gullviva när jag inte vill vara vuxen. Katja som aldrig tappade sin silverring hade en präktig och sträng mamma som sjöng i en kör som

bar blommans latinska namn. Landskapsblomman i Närke som ändå aldrig var ditt landskap på riktigt, pappa, det var skogarna i Västmanland som lockade och tog emot dig som en kung. Jag skulle vilja fråga dig om de små gullviveplantorna under lönnen, om du planterade dem medan morfar levde. Gullvivor blommar i hagar jag besökt som vuxen men det är inte där, långt bort från dig som jag vill vara idag. Jag behöver blå blommor och tyska pepparkakor. Primula veris får sjunga sina stämmor långt från mig.

20 december låter jag daldockan förtrolla mig i försommargrönskans prakt. Mamma lät dig inte klippa bort rödklöver, midsommarblomster, blåklockor eller daldockor som varsamt skakades rena från kryp. Jag återvänder till huset som har fått nya ägare och spanar över staketet men ser bara smörblommor och hundkex. Förtrollningen är bruten. Jag drar mig in under kronbladen i daldockan som en vilsen humla i skydd för regnet.

21 december känner jag doften från den solblekta brunmålade fasaden där det växte klematis. Färgen har bildat bubblor som jag vill pilla sönder, men då blir du arg. Du blir också arg nästan varje kväll när jag glömmer att ställa in cykeln i förrådet. På landet blir vi andra. Där är fasaden faluröd och en schersminbuske med vita blommor sveper in stugan i en doft av bubbelgum.

22 december slår liljekonvaljerna ut och någonstans inom mig hade jag hoppats att få se dem på julafton. Maiglöckchen, hör jag dig säga och med en utandning fortsätta:

"Oh wie schön."

Sedan jag kastade om bokstäverna i mitt smeknamn som liten kallade du mig alltid för kleine Mai.

> I slänten mot sjön
> klingar majklockornas doft
> låter mig minnas

23 december möter mig riddarsporre, men tror att jag egentligen menar stormhatt. Det handlar om den växt jag förknippar allra mest med dig, pappa. Din favorit som du grävde upp där torpet Blindbo en gång legat. Jag skrev till mamma om den och hon svarade: "Jovisst minns jag växten och jag tror snarare att det kanske var stormhatt. Pappa sa bara alltid "die blauen Blumen" och jag minns att vi diskuterade namnet men alltid återvände till "die blauen." Jag tänker att de blå blommorna får heta vad de vill. Jag vet precis hur stolt du var över varje planta.

Den 24 december står alla narcisser i blom ner mot jordkällaren och trappan som du och morfar byggde.

> Jag lovar komma
> åter till ditt blomsterhav
> din största gåva

Andante

Jag irrar inte längre blind
i en tunnel utan ljus
Vi går tillsammans
men måste inte hålla
varandras händer
Jag vet att du är nära
värmen
som en bro mellan oss
Runtom ska bergväggar sjunga
nynna
sin stilla kyla
låta oss landa
i att vi har varandra
Det är vårt år som kommer
jag ler mot mörkret
när jag höjer min skål

(Nyårsafton 2021)

Dina kinder

Jag får ett fotografi av mamma där du måste vara elva eller tolv år gammal. Jag ramar in det för att kunna sitta och skriva i din blick. Du ser på mig rakt framifrån. Som jag ser in i mina ögon i badrumsskåpets spegel. Trötta med djupblå konturer. Från sidan är jag genomskinlig. Ljusa ögonfransar och täta bryn som varit solblekta och nu återtagit en nyans av torkat gräs.

Dina bryn och mina. Solblekta kanter. Fräknar som anas. Ett helt liv som väntar. Ditt liv och mitt och mina barns. Droppar på ytan. Från årornas slitna blad. Ringar på ringar på ringar. Jag lägger mina handflator över fotografiet. Värmen strömmar från dina kinder och jag kupar mina händer över ansiktets rundning. Med mina lillfingrar nuddar jag örsnibbarna och du skrattar. Ögonen smalnar och du har så fina tänder.

Jag hittar ett foto till hos mamma. Du har själv skrivit att det är taget 1954 vilket betyder att du är femton år. Leendet när du har blivit tonåring är mer försiktigt, men finns ännu där. Ljuset i ögonen som tittar förbi mig mot en punkt bakom fotografen. Håret är kortare och blottar mer av din panna. Både hakan och pannan har fått finnar. Den högra skjortkragen sticker upp medan den vänstra prydligt böjer sig ner mot kavajslaget. Du drömmer om friheten. Skogar och sjöar i ett land som du ännu inte har besökt. Du är femton år gammal och kavajen är av tjock ull, du fyller ännu inte ut den med din axelbredd. Den är ärvd av din äldre bror. Likaså skjortan där tyget ligger i mjuka vågor över bröstet.

Femton år framåt i tiden ska du skrida till altaret i en kyrka omgiven av meterhöga snödrivor och marschaller. Håret mörkt och snaggat och vid din sida står hon som ska bli min mor. Dagen efter festen kör ni i karavan till stugan vid sjön och där har Gösta skottat och min morbror börjat elda. Du och din äldste och yngste bror sover i köket. Mamma delar utdragssoffan i rummet med Tante Thea. Din äldste brors fru och dotter sover i samma rum i en annan soffa närmare bergslagskaminen. Det finns bara ett rum utöver köket. Ni pimplar och kokar soppa utspädd med smält snö. Alla är upplivade av spänningen med det primitiva livet och kylan i det tysta vinterlandskapet.

Din rygg

Mamma och du träffades i Gent, där delade du en lägenhet på Ter Platen med två andra läkarstudenter. Det var din norske studiekamrat Terje och hans svenska fru som tog med mamma hem till er.

Jag står i det lilla pentryt och tjuvkikar. Jag ser hur din lägenhetskompis sticker till mamma nål och tråd. Hon tvekar, känner dig inte så väl ännu.

"Jo kom igen, jag lovar att det blir kul."

Mamma går in i ditt rum och sticker sig på nålen när hon ska trä på tråden. Hon hittar dina nya kostymbyxor snabbt. Du har hängt fram dem på en galge och hon sätter sig på huk för att inte skrynkla byxorna. Hon är van att sy, men skrattet bubblar i magen och hon måste trycka undan det för att kunna fokusera. I dörren håller din kompis vakt. Duschen stängs av och mamma drar snabbt av tråden och slätar ut byxorna. Du kommer in med handduken om höfterna. Jag slås av hur slank du är. Känner igen några av leverfläckarna på ryggen. Din kompis kliver åt sidan och ler menande när han säger:

"Jag ska lämna er ifred. Men ta inte för lång tid på er."

Mamma stryker med handen över din nacke. Jag ser inte leendet, men sättet du sänker huvudet och samtidigt vrider det lite åt sidan visar att du njuter och är förlägen samtidigt.

Jag drar mig undan. Låter er få behålla stunden för er själva.

I vardagsrummet röker dina vänner och ett fönster står på glänt. De skålar med ölflaskor och stämningen är förväntansfull. Ännu en avklarad tentamen ska firas. Mamma kommer ut från ditt rum och vännen som hjälpte henne nyss fångar hennes blick. Hon nickar. Han ropar:

"Nobbi, kom och visa dina nya byxor för oss."

Du syns i dörröppningen med skjortans översta knappar uppknäppta och byxorna i handen. Ler stolt och ställer dig på ett ben för att kliva i byxorna. Det tar stopp. Du pressar och trycker igenom foten ändå och tråden lossnar. Vänder tillbaka in i sovrummet med ena benet bart. Mamma och vännen frustar av skratt. Mamma kan inte sluta skratta även om hon vill. Vännen skålar med henne. Hon vill krama dig, men stannar kvar i vardagsrummet. Jag följer dig in i sovrummet och ser dig sitta på sängkanten. Plockar försiktigt bort tråden från det andra byxbenet. Slätar ut och drar på. Du känner igen hånskratten. Men hade inte förväntat dig det från henne. Det kan inte ha varit hennes idé. Det handlar inte om att du saknar humor, men du påminns om att fortsätta vara på din vakt.

När du återvänder till rummet låtsas du som ingenting. Det gör mamma också.

Språksorg i skogen

Språket som en gång låg mjukt i min mun har fått vassa kanter. Orden kränger och sjunker undan. Jag ber min mamma att sända mig ett ord eller uttryck om dagen i tio dagar. Den sjunde dagen skriver hon Im Walde och jag slås åter av hur runt orden klingar. Klangen som de fick, bara i din mun. Jag hör ekot ännu, men när jag försöker ge dem liv hakar något sig fast. Det hackar. Granarna ska stå och dämpa ljuden runt stugan. Skydda mot vägen där bilar emellanåt passerar lite för fort så att gruset stänker. Gamla granar måste tas ner för att inte falla på huset, men du gjorde det ogärna. Skogen var ditt konungarike. Skogarna – die Wälder. Den älskade solen var bara die liebe Sonne, några andra ord valde du aldrig även om du med tiden pratade allt mindre tyska med mig. Det var mamma som stod för att hålla liv i mitt språk så gott hon förmådde och jag minns hennes uppmaningar till dig att tala tyska med mig. Jag svarade ändå alltid på svenska. Hemspråksundervisningen i skolan var bara rolig under lågstadiet när läraren hette Mittendorf och det jag minns mest är att han skrev ei och ritade ett ägg runt för att poängtera uttalet till skillnad från det långa ie. Det visste jag redan och jag har alltid varit säker på stavning. När jag började mellanstadiet blev jag tvungen att byta lärare till en som hette Jähnen och missa mattelektioner varje torsdag förmiddag. Det hände att jag låtsades glömma tyskan och satt kvar i klassrummet men då kom han och hämtade mig. Jag läste högt ur tyska tidningar och han berömde mitt uttal. Prata fritt var svårare, särskilt som han gärna ville träna sin svenska. Obegripligt nog fick jag alltid högsta betyg och genomled hemspråkslektionerna ända upp i gymnasiet med samme lärare.

Nu skriver jag i stället dikter som klingar som jag minns din röst. Det är bara mamma som har hört dig säga "So ist das Leben." Du hade närmare till att tala tyska med henne än med mig. Sånt är livet. Jag hör dig säga det och där finns knappast spår av någon brytning.

Jag önskar att jag hade fått höra dig säga det på ditt eget språk i stället.

So ist das Leben.
Ja
Eben

Det där lilla ljuvligt smakande ordet eben som det några enstaka gånger kunde hända att jag kläckte ur mig när jag pratade med mina kusiner i halvvuxen ålder. Då kände jag mig som en av dem. Inte som en udda svensktysk fågel.

De älskade småorden som lägger sig till rätta som vadden mellan stugans innanfönster inför vintern.

Na
da kam ja
die liebe Sonne
wieder

Jag reciterar för mina barn och de skrattar åt mig. Min förtjusning över ljuden och rytmen. För att kontrastera översätter jag medvetet kantigt till svenska:

Nå
ser man på
där kom ju
den kära solen
åter

Alla som orkar lyssna håller med om att det låter bättre på tyska.
    Vissa av orden liknar de svenska och då vågar jag bli mer lekfull.

    Ro Ruhe Ro
    som ett andetag
    ett tag med årorna
    där dropparna är allt som hörs
    båtens för som driver
    tjärad durk
    mörk som lommens rop
    lågan vilar i skogen
    blottar sin hud
    skimrar av silver

Hem till dig

När jag kör genom min hemstad i februarisol är det som om våren vore på väg. Jag vill bara svänga förbi Snöbärsvägen för att jag ännu tror att det är där du finns. Öppnar den knarrande altandörren och möter mig med tofflor på. Kanske kunde jag ta en promenad med hunden förbi vårt hus och försiktigt spana in genom fönstren. Eller åtminstone se vad de har gjort av trädgården. Jag dras dit men kanske ska vänta tills det kan vara dags för krokusarna att titta upp. Dina krokus.

> Du finns i vårljuset
> varje år
> i det vita ljuset
> det grå fjolårsgräset
> som skulle bölja om det orkade
> i det frasande lättantändliga
>
> Du finns i knastret av grus
>
> Jag kommer
> vill jag ropa i vinden
> Jag är på väg
> hem till dig
> där du kisar mot himlen
> och talar
> om die liebe Sonne

Att vilja visa

"Jag vill inte lämna mina fina barn och barnbarn", var något av det sista min mormor sa innan hon somnade in det år hon skulle fylla nittionio år.
Dina sista ord var inte ens riktade till mig.
"Det är dags."
Det är klart att du inte ville lämna mig och mamma, men du trodde att du var tvungen att visa hur det går till att dö. Den insikten kommer ikväll. Som en blankslipad egg klyver den mitt liv i ett före och ett efter. Jag vet nu pappa, men du hade inte varit tvungen att lära mig. Litade du inte på att jag skulle klara av att se dig ledsen? Jag saknar min mormor. Också.

Hos din mamma

"Gå in till Oma och sätt dig hos henne en stund innan vi måste åka." Mamma säger det hon alltid gör när vi hälsar på och jag svarar som jag brukar:
"Måste jag?"
"Det kan dröja länge tills ni ses nästa gång. Gå nu, jag kommer snart."
Oma skiner upp bakom sina tjocka glasögon när jag kommer in i vardagsrummet.
"Na, da kommt sie ja, meine kleine Maria."
Hon sträcker fram sina smala händer, där till och med fingertopparna är skrynkliga, mot mig och jag låter henne hålla min ena hand. Jag vet att jag borde le, så jag ler försiktigt. Har ingen aning om vad jag ska säga. Studerar detaljerna på gobelängen ovanför soffan. En fågel som jag tror kallas fasan i olika nyanser av brunt och rött. Oma vill att jag kommer närmare och drar i min hand. Det är någonting hon vill berätta.
"Jag visste inte att det var två pojkar den gången, men bara en av pojkarna överlevde. Det var han som hade himlens ljus i sina ögon. Han var annorlunda än sina bröder, inom honom brann en eld av tvivel. Han ville ut i världen och hjälpa människor. En dag träffade han en lång kvinna från landet i norr som såg det goda i honom. Hon hade nära till skratt och kom med berättelser om landet där granskogarna växte täta och fiskarna hoppade. Tillsammans planterade de fler granar, tappade sav från björkarna och såg ekplantorna långsamt förgrena sig."
Jag lyssnar och kan inte släppa Omas blick. Det är något som har tänts i de ljusa ögonen och jag har aldrig sett henne

så beslutsam och fylld av kraft tidigare. När mamma kommer in för att be mig gå på toaletten innan vi ska åka, rycker jag till och svarar att jag redan har varit där. Jag ljuger. Mamma lämnar oss igen och Oma ler mot mig när hon fortsätter:

"De fick bli föräldrar till en liten flicka som ärvde sin fars känslighet och kärlek till andra människor. De nådde inte alltid fram till varandra, men flickan växte upp och blev sin fars stolthet. En dag födde hon en son och hans ansikte hade samma form som sin Opas, hans fingrar var lika mjuka och han växte upp till en stark ung man."

Oma tystnar och jag håller andan och ser ner på mina solbrända händer som nu båda ligger över hennes späda. Hon för min ena hand mot sitt bröst och fortsätter:

"Du behöver inte vara rädd för din far, kleine Maria. Inte heller för din son eller dig själv. Allt är som det ska. Det brinner en eld och du kommer att kunna värma dig. En dag."

Omas röst knarrar och hennes ögon är trötta men lugna, när hon möter min blick:

"Bis bald, kleine Maria."

Det var sista gången jag träffade henne. När vi kom hem till Sverige ringde min farbror och sa att hon hade somnat om efter frukosten och inte vaknat mer.

Att ta sig tiden

Jag smiter i väg ner till jobbets källare och tränar en kvart på lärargymmet, mest för att sedan få landa i bastun. Det är oftast bara jag där på lunchen och med röda kinder återvänder jag sedan till lektion, med en känsla av att ha gjort något förbjudet. Vuxen och ansvarstagande är jag, men med ett stort behov av ensamhet. Från bastuns tak hänger en droppe kåda. Jag blinkar och värmen får mina ögon att svida. Det var du som första gången förklarade för mig hur bärnsten blir till och vi gick på grusvägen från stugan med sjön på vår vänstra sida.

"Kasta den där kådan i sjön så blir den bärnsten. Men det tar sin tid."

"På riktigt?!"

"Absolut." Du log när jag försökte få den kladdiga klumpen att släppa mina fingrar.

En dag när du inte längre fanns skulle jag finna en skimrande sten i strandkanten. Du lät mig tro att det var möjligt.

Jag vandrar i tankarna ut från bastuns knäppande till kurvan vid sjön. Till ett liv där tiden inte är linjär. Det orimliga har blivit rimligt. Bara jag hittar rätt sten. Jag kan få leta länge, kanske ända tills det blir mörkt.

> Ta mig till stunden
> där du ännu låter mig tro
> att jag ska hinna
> att en livstid kan vara
> i miljoner år

Jag hinner, pappa
jag slutar inte leta

Bärnsten
av tyskans bränna

Att finna

Du hade nyligen påbörjat dina medicinstudier och arbetade extra i sjukhusets tvätteri. Jag var egentligen för ung den där gången du berättade för mig vad du hade fått se. Mamma tyckte inte alls om att du delade dina minnen med mig. Hon fick trösta mig när jag vaknade med mardrömmar många veckor senare. En kvarglömd kropp under en filt i en säng. En stackars kvinna, sa du. Hon var mycket gammal och avmagrad. Men hur kunde de glömma henne? Det ska inte få hända.
Det hände.
Jag läste en artikel i tidningen häromdagen. På ett svenskt sjukhus återfanns en kropp i en sjukhussäng. Fraktad från rummet som är märkt med A för avliden. Skulle föras till bårhuset men hamnade direkt i tvätteriet. En personal strök äntligen med handen över lakanet.

>Höftkammar
>Knäleder
>Kraniets välvning
>
>Transportör
>Transportvagn
>En säng kvar i rummet märkt med A
>Handen som sveper över sängen
>utan att känna något
>Kroppen lakanstunn
>sjunken

Rutiner förtydligas
Rör handen över hela sängens yta
Tänd en lampa vid rummet märkt med A
Lyser lampan
finns beläggning

Det kunde ha varit du som fann mig. En dag ska jag ligga där som en silhuett. Du kommer att känna igen mig och lyfta mig ur sängen. Veckla ihop mina armar och ben som med lätthet ryms i din famn. Bära mig med dig under läkarrocken. Fläta våra fingrar samman. Varm och kall. Två kroppar återfunna.

Från höst till vår

Skriver mig tillsammans med dig från november till april. Det är våren du är på väg till. Det är våren du möter när du stänger altandörren bakom dig och den inte längre gnisslar. Dina ögon smalnar mot ljuset. På köksbordet väntar de färdigmålade äggen. Under dina slutna ögonlock vilar vårljuset. Det var påskliljor i backen ner mot sjön som du såg när du inte längre orkade titta. När mina fötter trasslar in sig i det torra gräset förstår jag det. När våren slår över till sommar kommer jag att ha avslutat vår gemensamma resa. Du sover fullt påklädd i den bakåtfällda solstolen. Men så kommer hösten med sin klara luft och då kommer du att resa dig långsamt och dra på dig stövlarna. Bege dig ut i skogen med en hink i varje hand och inte komma tillbaka förrän de är fyllda till brädden med lingon.

Tillåtelse

Dagen innan du dog höll mamma din hand och du lät henne hålla den. När hon skulle resa sig och gå höll du henne kvar. Bara ett par sekunder men ändå tillräckligt fast för att hon inte skulle tveka.
"Han var aldrig mycket för närhet, din far."

En dag ska jag hålla min sons hand
på kudden som han har vänt åt mig
ska mitt vita hår flyta ut
mina fingertoppar ska följa
hans naglars form
När jag blundar
kommer det att vara
din hand
som sluter sig
om min

På dagen en vecka efter din död reser jag till Växjö på skrivkurs och läraren ursäktar sig och säger att han behöver ha sin telefon på för att han har en möjligen döende far, som vore det någonting man har. Läraren föreläser om haikudikter och jag skriver:

> Far ror ekan nu
> minns inte de sista orden
> minns årans droppar

Läraren väljer min haiku att läsa upp och jag tittar ner i bänken medan mitt hjärtas slag dånar i öronen.
    Min hand på din bröstkorg. Där innanför fanns ett stort hjärta som slog.
    Tystnaden omger oss nu. Samma tystnad som hade mött mig om jag hade fått ur mig de omöjliga orden.
    "Jag älskar dig, pappa. Jo, det gör jag."
    "Ja, ja, kleine Mai."
    "Älskar du mig?"
    Du är tyst och fortsätter att ro den läckande träbåten in bland dimslöjorna vid vassen. Jag sitter mitt emot dig i min lite för stora flytväst och studerar årans droppar. Tänker att det inte finns någon tystnad. Du måste inte svara.

Milton Keynes UK
Ingram Content Group UK Ltd.
UKHW030907011224
451693UK00001B/32